KB265638

샘물 우주선 노래

북갤러리 시선 003

샘물 우주선 노래

초판 1쇄 인쇄일 _ 2008년 5월 17일
초판 1쇄 발행일 _ 2008년 5월 23일

지은이 _ 최돈세
펴낸이 _ 최길주

펴낸곳 _ 도서출판 BG북갤러리
등록일자 _ 2003년 11월 5일(제318-2003-00130호)
주소 _ 서울시 영등포구 여의도동 14-5 아크로폴리스 406호
전화 _ 02)761-7005(代) | 팩스 _ 02)761-7995
홈페이지 _ http://www.bookgallery.co.kr
E-mail _ cgjpower@yahoo.co.kr

ⓒ 최돈세, 2008

값 7,000원

* 저자와 협의에 의해 인지는 생략합니다.
* 잘못된 책은 바꾸어 드립니다.

ISBN 978-89-91177-59-8 03810

북갤러리 시선 003

샘물 우주선 노래

– 넋두리 같은 이야기와 노래 또는 詩

최돈세

BG 북갤러리

헌사

창조의 열정으로 두려움 없이 실험하듯
글 쓰는 사람에게 기쁨 있으라.

제목 풀이

왜, '샘물 우주선 노래'인가?
궁금한 사람들을 위하여
제목의 뜻풀이를 한다.

샘물은 땅에서 저절로 솟는 물이고,
우주선은 별나라로 가는 비행기이며,
노래는 일하는 사이 쉬는 날들이다.

따라서 사람에게는
샘물 같은 본능이 있고,
우주선 같은 욕망이 있고,
노래 같은 쉼이 있다.

샘물 우주선 노래

차례

하나 처음 이야기

새벽이 밝았다.

아무도 오르지 않는 산꼭대기 떨기나무 불꽃에서 사나이가 태어났다.

그 사나이 X는 어깨에 흰 날개가 돋아났고 산 아래 마을로 훨훨 날아갔다.

X가 강변 흰 모래밭에 내려서니 그 날개는 사라졌다.

그는 마을 골목으로 달려가 '옷 모음'에서 옷과 신발을 주워 걸쳤다.

X는 시내 쪽으로 나 있는 길 따라 걸어갔다.

그러나 누구도 그 사람을 못 보았다.

산꼭대기

죽은 듯 숨 죽였다가 한 해에서 다음 해로 이어지는 밤중에 1분
정도 불꽃을 내뿜었다고 꿈속에 나타난 긴 흰 머리카락과 흰 수
염을 휘날리는 눈빛이 불타오르는 신선이 알려주었다.

산

뭉게구름에 휩싸여 있거나 무지개가 드리워져 있다.
너무 가파르고 미끄러워 마을 사람들 가운데 누구도 그 산에 올
라가본 일이 없다.
어쩐지 두렵고 무서워 올라가지 못한 채 사람들은 그저 바라만
보고 있다.

떨기나무

밑동이나 땅속에서부터 줄기가 갈라져 나는 사람의 키보다 낮
은 나무로 가지가 우거져 덤불을 이룬다.
불이 붙었으나 나무가 타서 사라지지 않는 내가 꿈꾸는지 꿈속
에 내가 살고 있는지…….

불꽃

너를 바라보면 뛰어들고 싶다.
네 모습은 내 심장 뛰는 소리이다.
사랑으로 타오르는 저 불꽃, 언제까지 타오르려나.

사나이

꿈에라도 거짓말했으면 뉘우치라 그랬다는 사나이 가운데 사나이 도산 안창호 선생이 떠오른다.

새벽

해마다 첫날은 뜨는 해 보려고 동쪽 바닷가로 몰려들거나, 벌벌 떨고 허연 입김 내뱉으며 새해 알리는 쇠북소리 들으려고 깊은 산속 사찰 범종 곁으로 모여든 사람들이 새벽을 깨운다.

어깨

그대의 어깨에 사랑이 걸려 있고, 그대의 어깨에 믿음이 걸려 있고, 그대의 어깨에 바람이 걸려 있고, 그대의 어깨에 평화가 걸려 있고, 그대의 어깨에 자유가 걸려 있고, 그대의 어깨에 하늘이 걸려 있고, 그대의 어깨에 별들이 걸려 있고, 그대의 어깨에 모든 얼이 숨 쉰다.

날개

한 번 들어가면 길을 잃어버려 죽음을 당하는 곳에서 벗어날 때 지나치게 날아올라 날개를 붙인 밀랍이 햇볕에 녹아내려 이카로스는 아래로 떨어져 목숨을 잃게 된다. (그리스 신화에 나오는 이야기이다.)
'잉게보르크 바하만'의 시처럼 '추락하는 것은 날개가 있다'는데, 아래로 처박히는 그대의 날개는 무엇인가?

마을

마을은 숲이 조금 허물어진 모습이지만, 도시는 숲이 사라진 자리에 세워진다.

강변

사로잡혀 간 바빌론 강변에서 예루살렘의 나무 그늘을 그리워하며 눈물 흘렸다는 사람들에게 들리는 바빌론 강물 흐르는 소리가 그들의 울음소리를 삼켰으리라.

모래밭

스물이 넘은 한 사내가 어느 교회의 여름 수련회에 놀러가는 마음으로 따라갔다.

그날 밤 모래밭에는 모닥불이 피워지고 그 교회 목사님이 안수 기도를 하셨다.

고개 숙인 이십대 남자들은 입에서 거품을 물고 모래밭에 쓰러졌다.

그들은 술, 담배를 끊지 못하는 교인이었다.

그 자리에 함께 있던 예수 안 믿는 젊은이들은 너무 놀랐고, 몇 해 지나서 두 목사님이 태어났다.

골목

사라진 마을의 우리 집으로 가는 그 골목은 어둡고 좁은 돌계단이다.

비 오는 날이 이어지던 어느 날 자전거가 보이다가 사라지곤 했다.

누군가 훔친 자전거를 타고 달리다가 그 골목까지 와서 버린 게
아닐까?

옷 모음
쓰레기 가려 모으고 버리면서 '옷 모음' 에서 사람들이 옷을 주
워갔다.
어느 날 '옷 모음' 은 자물쇠로 채워졌다.
그런데 원주의 어떤 여자 시인은 '옷 모음' 보고 시를 썼다.

시내
매지리 호수 부근으로 옮겨와 산 지 열세 해가 되었다.
이사하기 며칠 전 재건축업자는 입지 조건이 좋단다.
아파트 옆에 호수가 있어 호수 주변은 산책하기 좋고, 그 옆의
매지 캠퍼스는 쉬는 날 가족과 소풍하기 좋은 조경이다.
우리나라 어느 면소재지에 초등학교 둘, 중학교, 고등학교, 대
학교 셋이 있는가 눈 씻고 찾아봐도 없다.
승용차가 없는 사람은 10분마다 시내로 갈 수 있는 시내버스를
이용할 수 있다.
가까운 곳에 대형마트가 있어서 장보러 가기도 편하다.
앞으로 시가지는 이 면 쪽으로 넓어진다.
홍업면으로 이사 와서 얼마동안 나는 시내로 가는 것을 원주로
간다고 말했다.
그만큼 낯설었다. 그러나 얼마 지나서 나는 홍업이 낯설지 않은
곳임을 알게 되었다.
어렸을 때 아버지께서 홍업에서 근무하셨고, 우리 집은 근처에

있었다.

비 오는 여름날 마당 가득한 물에 종이배를 접어서 띄우며 놀던
게 어렴풋이 떠오른다.

작은 형이 다니던 흥업초등학교에 놀러가서 형의 도시락을 함
께 먹던 일도 떠오른다.

길

아주 오래 전 텔레비전 속 그림이 검고 희게 보이던 어느 날엔
가 저 세상 사람이 된 영화평론가 정영일 씨가 소개하는 명화극
장을 본 기억이 희미하다.

그래서 찾아낸 영화가 '길'이다.

＊　＊　＊

- 길_La Strada(1954)
- 15세 이상 / 104분 / 드라마, 멜로 / 이탈리아
- 감독_페데리코 펠리니
- 출연_줄리에타 마시나(젤소미나), 안소니 퀸(잠파노), 리차드 베이
  스하트
- 각본_페데리코 펠리니, 엔니오 플라이아노, 툴리오 피넬리
- 촬영_오텔로 마르텔리
- 음악_니노 로타

차력사 잠파노와 순수한 젤소미나의 인생살이에 관한 영화.

지능이 모자라지만 한없이 착한 젤소미나는 차력사 잠파노에게

팔려 조수 노릇을 한다.

잠파노는 가슴을 묶은 쇠사슬을 끊는 묘기를, 젤소미나는 춤을 보여준다.

잠파노는 젤소미나를 학대하지만 그녀는 그런 학대에도 불구하고 잠파노를 좋아한다.

그러던 어느 날 잠파노가 옛 친구인 곡예사 나자레노와 싸우다가 그만 그를 죽이고, 이 광경을 목격한 젤소미나는 정신이 이상해져 잠파노의 조수 노릇을 제대로 못하게 되자 잠파노는 잠든 젤소미나를 버리고 도망친다.

얼마 후 젤소미나는 병들어 죽고, 그 사실을 알게 된 잠파노는 참회의 눈물을 흘린다.

이탈리아의 거장 페데리코 펠리니의 걸작으로 아카데미 외국영화상 수상작.

유명한 주제가는 페데리코 감독과 자주 일하는 니노 로타가 작곡했다.

펠리니의 아내이기도 한 젤소미나를 연기한 줄리에타 마시나의 순수한 캐릭터가 유명하다. *(http://www.cineseoul.com.movies/cinedata에서 인용)*

아무도 못 봤다

눈이 안 보인다.

아니 볼 수 있지만 일부러 다른 것을 보았다.

안 보아서 안 보인다.

그래서 눈 뜬 장님이 된다.

앞 못 보는 사람이었지만, 슬기의 눈이 열리면서 많은 사람을 놀라게 했다.
누구도 본 사람이 없음은 '주께서 눈을 어둡게 하셔서 사람들
이 못 보았더라.' 이다.

처음

새벽은
희끄무레
밝아오는데
높은 뫼 위에서

커다란
흰 날개를
펄럭거리며
그가 내려온다

사내가
땅에 닿고
하얀 날개는
녹아 사라진다.

둘　밥 이야기

X는 두 시간 넘게 이곳저곳 둘러보았다.

'일할 사람을 찾습니다.'
선식(仙食) 가게에서 유리문에 붙인 흰 종이를 보았다.

X는 유리문을 밀고 들어가 계산대에 앉은 나이 든 여인에게 눈인사했다.

X는 보리빵과 두유를 집어 들고 모서리에 서서 느릿느릿 먹고 마셨다.

X는 계산대의 나이 든 여인에게 물었다.
"일할 사람이 아직 안 들어왔으면 제가 그 일을 하고 싶은데……"

"그러세요."
그녀는 유리문에 붙인 그 종이를 떼어냈다.

살찌면 피 흐름이 나빠지고, 당뇨병과 고혈압으로 앓다가 죽
는다.
더 많이 먹어서 죽느냐? 적게 먹어서 사느냐?

고민하던 X는 즐겁게 사는 길을 깨달았다.

X는 선식, 소식, 명상과 빠르게 걸어 다녀 몸이 튼튼해졌다.

무엇을 찾는가

사람들은 길에서 오가며 또는 우뚝 멈춰서 굶주린 눈빛으로 무엇인가를 찾는다. 목마른 눈빛의 그들이 마실 샘은 어디 있는가? 그들이 기다리던 그 샘물 같은 사람은 누구인가?

나는 누군가 찾는 그 샘이나 햇빛 같은 사람인가?

선식(仙食)

머리를 맑게 하고 위를 가볍게 하기 위해 먹던 음식. 일곱 가지인 현미 · 찹쌀 · 보리쌀 · 검정콩 · 검정깨 · 들깨 · 율무를 섞어서 갈아 만든 미수가루를 물에 타서 마신다. 이렇게 먹는 버릇이 들면, 먹는 것 때문에 지나치게 돈을 쓰지 않고, 시간도 아끼므로, 산과 들과 물과 하늘이 맑아지리라. 사람의 목숨이 하늘 뜻대로 살게 되지 않을까? (《두산백과사전》에서 인용)

일

언젠가 보았던 코미디 영화 '간첩 리철진.'

"아버지의 하시는 일이 무엇이냐?"

학교 선생님의 물음에 아들은 '간첩'이라고 말했다.

그때 선생님이 학생의 얼굴에 주먹을 날렸다.

어른이 되어서 하고 싶은 일을 적으라 했을 때, 장난삼아 나이트클럽 운영자라고 썼다가, 꾸중 듣던 녀석들이 지금은 뭐하고 있는지…….

어릴 때 꾸던 푸른 꿈으로 아직도 살아가는 사람들의 꿈이 이루어지기 바란다.

오늘 어린 벗들아, 좋은 꿈을 꾸라.

사람

누군가는 하나뿐인 푸른 별에서 살았던 사람 가운데 사람다운 사람을 두 사람 꼽았다.

첫 번째 사람은 사람의 몸으로 이 땅에 온 신이라 불렸던 구세주 예수.

두 번째 사람은 쿠바 혁명에 이바지한 공로로 편하게 살 수 있지만, 다 내버리고 라틴 아메리카의 민중 구원을 위하여 목숨 바친 체 게바라.

여러분은 무엇을 하며 어떻게 살아 세 번째 사람다운 사람으로 남고 싶은가?

유리문

길을 따라 걷다가 길 옆 가게 안이 훤하게 보이면 편하게 둘러볼 수 있어서 좋다. 그러나 유리문이나 벽에 색깔을 입히거나 투명하지 않은 유리블록으로 벽을 만들면 안이 궁금해도 그냥 지나간다. 그러나 드물게 씩씩한 사람들은 문을 열고 안으로 들어가 본다.

X

알 수 없는 것을 나타낼 때 쓰고 남을 욕할 때 쓰기도 한다. 흔히 종이나 영상 자막에 상징으로 나타내는 기호이다.

밀고 들어가기

받아들이기 싫어하지만 좀 힘쓰며 억지로 밀면 한 자리를 차지할 수 있다는 뜻으로 쳐들어가는 것을 말할 때 쓴다.

이제까지 살아오면서 되지 않을 짓을 억지로 밀고 들어간 일이 있는가?

계산대

가게에 무엇을 사러 들어가서 값을 치르지 않고 계산대 앞을 지나쳐 밖으로 나올 수 있을까? 주인이 물건을 값없이 주거나 도둑이 되어서 슬쩍 훔치지 않으면 안 될 일임은 누구나 안다.

다르게 말해서 삶의 기나긴 나그네 길 마칠 때, 몸의 자리에서 얼의 자리로 옮겨갈 때 그 문지기 되는 분은 그대의 이름이 그분의 책에 믿음으로 예약되어 있는가? 곰곰 따져보리라.

그동안 쓴 시간에 대한 값을 요구하리라. 빈 믿음의 주머니보다는 가득 찬 믿음의 주머니를 어서 갖추고 살아라. 그래야 그 계산대 앞에서 부끄럽지 않으리라.

나이

남자와 여자를 아는 나이, 얻어먹는 나이와 벌어먹는 나이, 넉넉한 내 것을 가난한 이와 나누는 나이, 삶과 죽음을 아는 나이, 살면서 이루어야 할 것을 아는 나이, 죽은 다음 갈 곳을 아는 나이.

여인

얼굴과 몸매가 아름다운 여인이 되기를 꿈꾸며 몸매 가꾸기에

모든 것을 바치는 여인이여, 몸매는 그만 가꾸고 마음과 얼이
빛나게 글을 읽고 그 슬기를 더 보람 있는 일에 쓰라.
누리 속에서 그대는 훨씬 더 아리따운 여인으로 오래도록 기억
되리니, 겉은 늙어도 속은 더 빛나는 숨겨졌으나 저절로 드러나
는 향기이리라.

눈인사

밀양 아리랑에는 '정든 임이 오셨는데 인사를 못해 / 행주치마
입에 물고 입만 방긋'이라는 노랫말이 있다. 이 모습은 눈인사
보다는 몸짓이 더 크지만, 눈인사를 떠오르게 할 수 있다. 사랑
하는 사이의 눈인사는 한눈에 사랑을 가득 담아 찡긋하는 '윙
크'가 있지만, 처음 보는 남남 사이에는 그저 바라보며 고개를
약간 숙이는 듯 보이면 될 것이다.

보리빵

사람들이 산기슭 넓은 언덕에 모여들어 말씀 듣다가 밥 먹을 때
가 되었다.
예수께서 따르는 제자들에게 "너희가 무리의 먹을 것을 주라."
말했다.
제자들은 어린 아이가 싸온 보리떡 다섯 개와 물고기 두 마리를
내놓았다.
예수께서 축복 기도하고 나눠 먹었다.
수천 명이 먹고 남은 부스러기가 열두 광주리였다.

명상

조용한 곳에서 모든 것을 잊어버리고 몸에 힘을 빼고 가장 편한
몸으로 눕거나 앉아 눈을 감고 숨을 깊이 들이쉬고 느리고 부드
럽게 내뱉으며 새롭게 떠오르는 것을 바라보고 따라가라. 알 수
없는 큰 힘이 네 안으로 들어와 가득 차고 기쁨과 평안이 넘치
게 하라.

빠름

빠르게 움직이려는 사람들은 아무리 빠르게 움직여도 기뻐하지
않는다. 몸으로 누리는 즐거움보다 마음의 뜻은 더 빠르게 달려
가기 때문에 사람들은 빛의 빠르기로 달려가도 기뻐하지 못하
리라.

걷기

걷기는 좋다.
시골길, 산길, 물길 따라서 발자취 남아있는 길.
걷노라면 숨 쉬는 자연 속으로 더 깊게 빨려 들어가는 듯 즐
겁다.
맑은 바람결에 서 있으면 그 나라로 다가간다.

밥

일곱 알*
섞어 볶아
곱게 갈아서
물에 타 마신다.

---

*일곱 알 : 선식 재료인 일곱 가지 낱알
(현미 · 찹쌀 · 보리쌀 · 검정콩 · 검정깨 · 들깨 · 율무)

셋 쉬임 이야기

X는 일자리 얻어 배고픔을 벗어났다.

X는 선식 가게를 찾는 손님들 가운데 한눈에 반할만한 처녀를 눈여겨보았다.

새벽마다 잠자리에서 치솟는 아래 불꽃에 흥분해 여인을 와락 끌어안는다.
그녀는 살쾡이로 변해 울부짖고 X는 놀라 잠에서 깨어났다.

X는 〈푸른 하늘〉에 줄 광고 '애인 구함'을 냈다.

며칠 동안 여자들이 그의 일터로 찾아오고 X는 한 여자를 맞아 들였다.
그녀는 한 병원 식당의 영양사였다.

두 사람은 만나는 밤마다 유원지의 모텔에서 성의 쾌락을 나누었다.
두 사람은 잘 맞아 소녀경이나 카마수트라의 가르침대로 마음껏 불타올랐다.

그들은 함께 하면 기뻤다.

손님

어느 날 앓은 손님의 자취가 얼굴에 흉터로 남아있는 사람들이
있다.
빵집 아저씨 이야기가 떠오른다.
한 아이가 빵집에 빵을 사러 가는 길이다.
아이는 곰보빵을 먹고 싶었다. 그런데 빵집 아저씨 얼굴의 얽은
자국이 떠올랐다.
그래, 곰보빵을 소보로빵이라고 부르지.
아이는 빵집 안으로 들어가서 그 아저씨를 보자 더듬었다.
"저……."
"무슨 빵이 먹고 싶지?"
"저어, 소보로 아저씨, 곰보빵 주세요!"
"……."

반하다

누군가 말했다. 사람을 보고 첫눈에 반하는 것은 암수 짐승들이
서로에게 이끌리는 느낌이라고.
나 아닌 다른 사람의 훌륭한 모습이 좋아 보일 때 그 사람에게
이끌리리라.

처녀

사내 쪽에서 정조를 지키고 있는 여자를 찾을 때 묻는다.

"그 여자 처녀야?"
여자 쪽에서 어떤 남자가 미혼이냐 묻는다.
"그 남자 총각인가?"
자유연애 세상에 들리는 가슴 아픈 이야기가 있다.
요즘 처녀는 천연기념물이란다.
동정을 지켜온 참된 처녀와 총각들이여 행복하시라.

눈여겨보다

마음과 뜻을 모아 살펴보다.
무엇을 바라볼 때 마음 깊이 끌리는 그것을 한눈팔지 않고 바라
본다.
어떤 것을 나름대로의 속셈으로 저울질하며 바라본다.
저것이 앞으로 어떻게 될 것인가.
때로는 끼어들어 참견하거나 아무 말 없이 흘려보낸다.

잠자리

잠자리는 졸릴 때 잠드는 자리로 침대 또는 이부자리를 말한다.
'잠자리'를 소리 내어 말하거나 들을 때는 여름에서 가을 동안
하늘에 날아다니는 잠자리가 떠오른다.
소설에서 여인이 걸친 잠옷이나 얇은 속옷을 말할 때마다 잠자
리 날개처럼 속이 훤히 들여다보이는 모습을 이야기하면서 잠
자리 날개 같은 옷이라 말하는 게 겹쳐서 떠오른다.

잠

잠 속에 숨겨진 것은 무엇인가?

흥분

엊그제 대중탕에 갔다가 흥분한 사람을 보았다.
씻고 나와 몸을 닦는데, 한 남자가 투덜거렸다.
"이 놈의 집, 오늘 영업 정지시킨다!"
어제 얼마나 술을 퍼마셨으면 얼굴에서 술 냄새가 풀풀 흘러나
온다.
그의 친구가 몸을 닦으며 묻는다.
"왜 그래?"
"나가려고 입구에서 보니 신이 없어. 나는 발이 작아서 다른 사
람은 신을 수 없어. 그거 이십만 원짜리 구두야."
"네 신을 네가 잘 간수해야지. 누구에게 시비냐?"
"아냐. 오늘 이 사우나 꼭 영업정지 먹인다."
"가만 있어봐. 나 옷 입고 찾아보자."
몸을 닦고 나서 옷 입은 그 남자가 친구에게 묻는다.
"네가 어느 쪽에 옷을 벗어놓았지?"
"이쪽!"
"열쇠가 꽂힌 옷장을 하나씩 열어보자."
이곳저곳 하나씩 열어보다가 그 열 받은 사내의 구두를 찾았다.
그 모습에 또 열 받은 이발사.
"저런 얼빠진 사람 같으니!"

살쾡이

들고양이 또는 스라소니라고 부른다.
'주먹'으로 살았던 '이성순'이라는 사나이가 있었다.
고양이처럼 부드러움과 빠름 그리고 날카로움을 무기로 모든

싸움에서 이기고도 스라소니처럼 떠돌았다.
어느 날 교회에 가서 목사에게 총과 칼을 바치고 주먹을 버리고 기독교인으로 살다가 떠났다.

놀라다

반듯한 바닥을 걷다가 뜻하지 않게 비탈이나 계단을 내디뎠을 때 가슴이 덜컹하고 놀란다.

아일랜드 출신 여성 4인조 놀란스(nolans)라는 팝 그룹이 부른 'sexy music'이 한국에서 알려져 한국에 공연하러 왔을 때 어떤 기자가 "한국말로 당신들은 '서프라이즈(surprise), 놀라게 하다'를 뜻한다."라고 말했을 때, 그룹 놀란스의 구성원들은 놀라는 몸짓으로 어깨를 으쓱했다.

푸른 하늘

돈 내지 않고 볼 수 있는 생활정보신문에서 사람들은 부동산이나 중고물건을 쉽게 찾아내 살 수 있다.

바람직한 앞날을 꿈꾸며 살아가는 사람이 바라보는 마음속 하늘은 늘 푸른 하늘이다.

광고

어떤 존재가 있음을 알리는데 광고를 하지 않으면 누구도 알지 못한다. 훌륭하지만 알려지지 않아 제값을 받지 못하고 사라진다.

시집 《무지개 저 편에서》를 냈지만 잘 알려지지 않는 것은 이 나라 안 곳곳으로 퍼지는 중앙일간지에 광고하지 못했기 때문이다. 알려져야 팔리고 사서 읽은 사람들의 입소문에 의하여 더 넓게 알려질 수 있다. 광고를 못해 아쉽다.

일터

이루려는 것과 잘 맞아 날마다 즐겁게 일할 수 있고, 겸해서 사회의 질서와 도덕을 무너뜨리지 않고 남에게 도움이 되는 일터가 좋다.

영양사

몸을 튼튼하게 만드는 영양사도 좋지만, 마음까지 튼튼하게 할 수 있는 영양사는 더욱 좋다. 일반적으로 가정에서 식사를 책임진 사람이 가족 구성원의 정신 영양까지 맡는다면 좋겠지만, 힘들면 가족 가운데서 삶의 가치에 대한 지침을 바르게 내려줄 수 있는 사람이 맡으면 되겠다.

밤

해가 지고 어둠이 내리는 밤이면 전기 없는 마을에 빛나는 것은 호롱불과 별빛, 달빛뿐이다. 그런데 어둠을 잃어버린 도시의 밤은 낮보다 더 바쁘게 사람들이 붐빈다. 밤이 주는 쉼을 잃어버린 슬픔이다.
밤에 쉬면서 큰 뜻을 머릿속에 새겨 넣는 버릇을 들이라. 새로운 낮을 살게 되리라.

성

지구 안에 목숨이 붙어 숨 쉬고 사는 것들은 모두 암수가 나뉘어져 있어 서로를 그리워하며 살고 있다. 별난 것들 가운데 암수한 몸, 중성도 있지만, 그 중성은 어떤 사람의 이미지가 남성도 여성도 아닌 이미지일 때 아무개는 중성이라고 말한다.

암컷은 수컷을 좋아하고, 수컷은 암컷을 좋아한다. 일반적인 것은 아니지만, 동성애도 있다. 게다가 성전환은 겉모습은 바꿔도 염색체는 바꿀 수 없다. 소수자를 무시해서도 안 되지만, 그들의 뜻대로 다수의 흐름이 바뀌어서도 안 된다. 같은 성끼리 욕망을 나누는 것은 하늘이 좋아하는 게 아님을 알고 따르는 게 잃어버린 기쁨을 되찾는 길이다. 불안을 버리려면 순리를 따르고 의심하지 않아야 한다. 그래야 즐겁고 아름다운 성이 되리라.

쾌락

거침없이 즐기는 쪽으로만 따라가다 보면 참 즐거운 맛을 잃는다. 성서는 가르친다. 부부라도 기도할 시간을 얻기 위하여 잠시 사이를 뜨게 지내야 한단다. 그 뒤의 만남이 사랑으로 기다렸기에 더 즐겁고 아름다운 것이리라.

첫 사람인 아담과 하와가 서로에게 하나님께 부끄러움이 없을 때 가장 아름답고 즐거웠음을 잊지 말라. 사랑하는 남녀도 서로에 대한 속임 없고 부끄러움이 없을 때 누리는 즐거움이 아름답고 값진 것임을 마음에 새길 일이다.

소녀경

중국에서 전해오는 성전(性典)이다.

카마수트라

인도에서 전해오는 성전(性典)이다.

모텔

자동차로 이곳저곳 돌아다니는 사람들을 위한 유료숙소이다. 그러나 요즘은 매춘과 불륜 또는 젊은 연인들이 만나서 성을 즐기는 업소로 더 자주 이용된다.

사랑

하늘은
땅에 안겨
즐겁게 쉬며
사랑 노래한다.

넷 잠 이야기

X : (가게 안에서 여주인에게) 부탁하겠습니다. 이틀 동안 쉬고 싶습니다.

여주인 : (X를 바라보며) 괜찮다면 하루만 쉬는 게 어때요?

X : (당황스런 눈으로) 그럼, 하루만 쉬죠.

여주인 : (X에게 미안한 얼굴로 웃음 지으며) 잘 쉬도록 하세요. (돌아서 나가려는 X에게) 맛있는 것 사서 드세요. (그녀는 계산대에서 지폐를 여러 장 꺼내 준다.)

X : (미소 짓고 고개 숙이며) 고맙습니다.

X는 다음날 시외버스를 타고 가까운 숲 속에 있는 목조로 지어진 명상센터를 찾아갔다.

* * *

명상 강의 시간

명상(瞑想, meditation) : 마음을 자연스럽게 안으로 몰입시켜 내면의 자아를 확립하거나 종교 수행을 위한 정신집중을 널리 일컫는 말. 라틴어로 메디타티오(meditatio)라고도 한다. 모든 생각과 의식의 기초는 고요한 내면의식이며 명상을 통하여 순수한 내면의식으로 자연스럽게 몰입하게 된다. 오늘날에는 명상이 긴장과 잡념에 시달리는 현실세계로부터 의식을 떼어놓음으로써 밖으로 향하였던 마음을 자신의 내적인 세계로 향하게 한다. 항상 외부에 집착하고 있는 의식을 안으로 돌려주므로 마음을 정화시켜 심리적인 안정을 이루게 하고 육체적으로도 휴식을 주어 몸의 건강을 돌보게 한다. 치료수단으로 이용하기도 하는데, 명상 상태에 있을 때는 좋지 않은 성격과 행동을 자신이나 타인의 암시로 바꿀 수 있다. (《두산백과사전》에서 인용)

식사는 담백하게 소화가 잘 되는 여러 가지 채소와 과일과 밥이
조금 곁들여진 뷔페였다.

운동 시간에 X는 몸이 땀으로 흠뻑 젖도록 달리고 춤추었다.

대화 시간에는 '꿈이 다가올 앞날을 보여 주는가? 이루고 싶은
것을 보여주는가? 억눌린 욕망을 왜곡되게 해석하여 보여 주는
가?'를 주제로 이야기 나누었다.

자유 시간에 X는 선식 가게로 전화하여 하루 더 말미를 얻었다.

X는 자면서 꿈꾼다.
황금 금관을 쓰고 한 손 들고 선서한 사람이 바게트 빵을 칼로
썰어 여러 접시에 담다가 노란 잎과 은행 달린 은행나무 가로수

길을 걸어가고, 많은 사람들이 작은 삼각 깃발을 들고 소리치며 흔들고, 바위산 속 비어있는 바위 무덤 사진을 커다란 돋보기로 보다가 종이에 글씨를 쓰고, 날개 달린 한 남자가 산 위로 날아 간다.

X는 명상센터를 떠나 선식 가게 쪽으로 가는 버스에 올랐다.

부탁

어떤 일을 해달라고 바라거나 맡기는 것.
세 살짜리 아기가 있다. 외할머니가 돌봐주고 있다.
할머니 손을 끌고 밖으로 나왔다.
방문 밖 계단 아래 저 안쪽으로 세발자전거가 있었다.
손자는 칭얼거리며 그것을 가리켰다.
할머니는 허리 숙이고 긴 팔로 자전거를 꺼냈다.
손자는 자기 앞에 자전거를 보고 즐거워 '하하' 웃었다.
할머니도 손자를 보고 빙긋 웃었다.

쉼

땀 흘려 일하는 나날을 보내는 사람에게 쉼이란, 목마른 사람이
마시는 샘물 한 모금 같은 것이다.
여행하는 도중에 만난 사람과 이야기 나눌 때 그 사람이 묻는다.
"요즘 어떻게 지내십니까?"
"쉴 시간이 넉넉해 여행하는 중입니다."
"쉬기 전에는 무엇을 하셨습니까?"
"돈 걱정 안 해도 될만한 어버이 만나서 놀고 있었습니다."
이 사람에게 쉼이 무슨 뜻이 있겠는가.
뜻 없이 노는 게 싫어서 마련한 여행이리라.

이틀

마음대로 쓸 수 있는 하루는 너무 짧고 이틀이 적당하다. 삼일
은 긴장이 풀어지고 삶의 맥이 끊기는 느낌이다. 여러 번 쉴 기
회가 있을 때마다 그렇게 느꼈다. 왜 그런지 모르겠다.

이틀 동안 벌어진 일을 그린 영화 '48시간'이 떠오른다.

한 대의 픽업트럭이 노역 중인 죄수들에게 다가와 죄수와 위장
싸움을 벌여 감시원들을 사살 후 탈옥시킨다. 강력사건 전담 형
사 잭(Jack Cates : 닉 놀테 분)은 형사들을 살해하고 달아난
일당을 잡기 위해 옛날 탈옥수 일당과 함께 일을 했던 레지 해
먼드(Reggie Hammond : 에디 머피 분)를 48시간 동안 가석
방시켜 그들을 쫓는다. *(〈네이버〉 영화 정보에서 인용)*

하루

하루 동안에 갇혀 사는 하루살이는 외친다.

"우리에게 내일은 없다."

어떤 목숨에게 하루는 다른 때의 열흘보다 더 값진 시간이다.

마지막 날 하루가 남았다.

그대는 무엇을 하려는가?

눈

어떤 눈으로 사람을 바라보는가?

사랑으로 바라보는가?

기쁨으로 바라보는가?

짐승으로 바라보는가?

수단으로 바라보는가?

사람을 무엇으로 알고 바라보는가?

웃음

때 묻지 않은 웃음도 있지만 속셈을 감추고 있는 웃음도 있고, 부끄러움과 안쓰러움을 뒤섞는 듯 지나치려는 웃음도 있다. 바라기는 따스한 웃음으로 마주치는 사람들에게 기쁨을 줄 수 있었으면 한다.

지폐

지갑 열고 새 지폐를 꺼낼 때는 즐겁다.
교복의 주머니에 넣었던 지폐를 잊고 빨래했다.
구겨지고 해진 지폐를 꺼내 장독 뚜껑 위에 널어놓고 말렸다.
그때 마을 어른이 들려준 말씀이 떠오른다.
"돈을 잘 간직하는 사람이 부자가 될 수 있다."

감사

이 땅 위에 나 홀로 살지 않음이 고맙다.
무뚝뚝하고 고마워할 줄 모르는 사람을 아무도 없는 외진 섬에 몇 달 버려두었다가 데려오면, 친절하게 달라진단다.
오랫동안 외로웠으니까. 사람이 그리웠으니까.

숲

숲을 잃어버린 마을과 도시와 나라?
숲에서 맑은 바람이 불고 시원한 물이 샘솟고 달콤한 열매가 달리며, 쉴 곳이 마련된다.

장 지오노가 쓴 《나무를 심은 사람》처럼 마을이 살아나고 사람
들이 돌아오려면 무성한 숲이 있어야 한다.

명상

수업 시간 전에 잠깐 말없이 눈감고 마음을 정리한 후 수업한다.
학교 안에 있는 명상의 방에서 생각하고 종교서적을 읽거나 음
악을 들었다.

꿈

복도에 서서 건물 벽에 있는 승강기 단추를 눌렀다.
기다리니 승강기가 멈췄고 문이 열렸다.
종이처럼 부스러진 까만 재가 안에 가득했다.

춤

스스로 그러한 흐름 따라 움직여 스스로를 잊은, 마음과 몸의
즐거움이 하늘로 솟구쳐 신을 느낀다.

황금

많은 사람들이 황금 보기를 돌같이 여긴다고 말할 때마다 '황금
다운 황금 덩어리를 보기나 했는지. 품어보기나 했는지?' 작은
금반지를 보아도 눈부신데 황금으로 치장한 궁전에 들어갔을
때는 놀라서 말도 못하고 그 눈부심에 쓰러지리라.

손

어떤 사람의 손은 그 사람의 얼굴이다.

여배우의 아름다운 손인가?
피아니스트의 손인가?
주방장의 손인가?
디자이너의 손인가?
작가의 손인가?
화가의 손인가?
장인의 손인가?
도공의 손인가?
의사의 손인가?
건축가의 손인가?
운동선수의 손인가?
운전기사의 손인가?
구두닦이의 손인가?
도둑의 손인가?
교통 정리하는 손인가?
자선 봉사하는 손인가?
그대의 손은 어떤 표정의 얼굴인가?

앞날

어떤 앞날을 꿈꾸며 바라보는가에 따라 그가 다가올 그 앞날에
누리는 삶은 무지개처럼
빨강
주황
노랑
초록

파랑

남색

보라

여러 가지 빛깔로 변하여 그의 품으로 파고든다.

왜곡

사실과 다르게 뜻풀이하거나 그릇되게 하는 것.

잘못된 역사 교육으로 올바른 앞날을 꿈꾸지 못하여 지난날의 슬픔을 바보처럼 끝없이 되풀이한다. 그런데 지난날의 가르침을 비웃는 듯 역사를 왜곡하는 이웃들이 가까이 있으니, 지구촌이 어찌 평화를 누리겠는가?

말미

하는 일 따위에 매인 사람이 다른 일로 말미암아 얻는 겨를.

아흔셋에 돌아가신 어른의 장례 때문에 일터에서 겨를 얻어 가는 길이다.

그분이 살아계실 때 찾아갔다.

그 어른은 눈도 안 보이고 귀도 안 들리는 몸으로 사람을 더듬어 만져보고는 기억하는 사람을 떠올려 말했다.

듣지 못하고 보지 못하여 괴로운 자극 못 느껴 흙 속에 묻힌 도자기처럼 오래 산다.

단잠

포근한
흙집에서
앞날 꿈꾸는
단잠이 그리워.

다섯　돈 이야기

어느 날 번개처럼 뭔가 스치는 게 보였다.
'노란 잎과 은행이 달린 은행나무 가로수'를 보았다.

X는 밥표로 두 끼니를 먹고, 일 끝내고 숙소에서 고구마나 감자
세 개와 호밀빵 세 개를 먹고 살았다.
X는 달마다 받는 돈으로 살림살이하고, 주식 저축하고, 현금 저
축하고, 불우이웃돕기하고, 복권을 샀다.

X는 영양사와는 오직 하나뿐인 서로의 애인으로 헤어지는 그때
까지 지냈다.

X는 산주(山主)에게 애걸하여 가장 헐값인 산자락을 3.3제곱미
터에 이천원씩 주고 사백만 원 어치를 샀다.
"무엇에 쓰려고 그 좁은 땅을 사시오?"

"아무 것도 갖고 있는 게 없으니 허전해서요. 싸구려는 갖고 있
다가 손해를 보더라도 덜 아쉬울 것 같아요."
"그 산 때문에 주머니가 두툼해지는군요."

X는 주식과 저축이 늘어났고, 이 무슨 복인가? 그 작은 땅 가까
이 시청이 들어서 땅값이 올라 X는 팔억 원을 벌었다.

주인은 X를 세상에서 가장 운 좋은 사람이란다.
X는 빙그레 웃으며 말했다.
"복권뿐 아니라 어떤 종류의 추첨도 운이 없어 당첨되지 않았어
요. 미안하지만, 이 자리를 떠나고 싶어요."
"어떤 일을 하시려고?"
"위로 올라가려면 발바닥이 닳도록 뛰어다녀야겠죠."
"꿈꾸는 것을 꼭 이루세요."

"날마다 저를 위해 기도해 주세요."
"X도 나를 잊지 마세요."

그녀는 그에게 급료 명세서를 주었고, 그 돈은 벌써 X의 계좌에 입금되었다.

그는 말없이 커피를 마시고 그녀와 악수하고 선식가게 밖으로 나갔다.

숙소

짧은 나날 동안 머무는 곳.

이 땅에서 사는 동안 얼이 머무는 숙소는 어디인가?

묻다가 떠오른 수학여행 때 그 여관방은 열 명이 자면 될 것 같
았다.

그러나 스무 명이 얽혀 잤다.

말하다가 떠오른 거제 바닷가에서는 몽돌 구르는 파도소리에
몸이 뜨거워 밤새도록 뒤척이다 잠들었다.

고구마

고구마를 보거나 생각하면 가나안 농군학교를 세운 김용기 장
로의 이야기가 떠오른다.

어느 날 김용기 장로가 나팔과 북을 여러 개 사왔고, 자식에게
지시했다.

"이 악기로 연주 연습하라."

아이들은 놀란 얼굴로 아버지를 바라보았다.

"어떤 사람은 없는 악기를 만드는데, 남이 만든 악기를 연습하
면 연주는 할 수 있을 거다."

여러 날 연습하여 마을 골목길을 돌며 신나게 연주하고, 배고플
때는 찐 고구마와 날 고구마를 섞어먹었다.

감자

감자가 잘 자란 늦여름 주룩주룩 비 내리는 날 작은 감자 캐 간
장에 끓여 맛있는 감자 반찬으로 보리밥 한 그릇씩 냠냠.

호밀빵

팀 스피리트 훈련에 파견되었던 방위병이 통역과 컴퓨터로 도
왔다. '고맙다.'를 거듭 말하는 미군들이 훈련 끝내고 돌아가면
서 식량 상자, 자질구레한 장비를 선물했다.
그 방위병은 이웃과 경로당 등에 나누고, 나머지는 다 집으로
가져갔다.
군용식량 상자에 있는 호밀죽을 맛보았고, 호밀빵은 몇 해 앞서
제과점에서 파는 것을 맛보았다.

살림살이

살림살이 : 살림을 차려서 사는 일. 살림에 쓰이는 도구들.
시집 《무지개 저 편에서》(최돈세 지음)에는 '살림살이'라는 시
가 나온다.

살림살이

인간 향하여 울려 퍼지는
하나님 음성 담겨 있는
성경전서

떠오르는 상에 알맞은

낱말 찾아볼 수 있는
아름다운 한글 간직한
국어사전

활짝 편 상상의 날갯짓이
피곤하지 않도록
소식과 음악 들려주는
라디오

흐르는 물처럼 고여 있는
생각 정리할 때
깨끗한 즐거움 안겨주는
타자기

이것들은 나에게 있어서
흙에서 열매 얻기 위하여
이마에 땀 흘리는 일 다음
가장 필요한 살림살이다.

주식

주식과 펀드는 먼 나라 노래다.
돈을 모으는 다른 모습인가.
나는 모른다.
어찌 보면 투기나 도박 같다.

손쉽게 돈 버는 모습이 그렇다.

저축
젊어서 아껴 쓰며 돈을 모아 두면 늙어서 즐겁게 살 수 있다.

이웃돕기
어려운 이웃을 돕겠다며 물건을 팔러 다니는 사람들이 찾아오면, 그들에게 "내가 어려운 이웃이니, 나 좀 도와주시오." 하고 싶은 때가 얼마나 많았던가?
그만큼 어려운 사람이 너무 많다.
아주 어린아이였을 때 초등학교 들어가기 전에는 거지와 행상(行商)의 뜻을 잘 몰라 누군가 찾아와 아쉬운 얼굴로 무엇인가를 부탁하면 모두 거지로 알던 때가 있었다.
그러나 지금 생각하니 거지같지 않은 밝고 따뜻한 마음으로 사는 사람은 행복한 사람이고 성공한 사람이리라.

복권
어느 날 텔레비전에서 억세게 운 좋은 사람을 보았다. 이 사람은 자기 집안에 있는 모든 물건을 하나하나 가리키며 신나게 떠들었다. 그 모두가 행운권 추첨에서 당첨되어 사은품으로 받은 물건들 아니면, 마을 장기자랑에 나가서 상품으로 받은 것들이었다.
그 모습을 보면서 나에게 다가왔던 행운은 무엇이 있었나? 되새겨 보았다.
첫째, 고등학교 이학년 때 겨울 크리스마스 무렵, 친구가 나가는 교회에서 열린 ‘학생의 밤’에 구경 갔다. 친구가 행운권 한 장을 주었다. 거의 끝나는 시간, 행운권 추첨 순서가 되었다. 내가 갖고 있는 행운권이 뽑혔고, 상품은 LP 디스크 한 장, 정품이 아닌 복사판, 속칭 ‘백판’, 기분 좋게 받고, 그 기분이 가라앉을 무렵부터 좋기는 뭐가 좋아, 나에게는 디스크를 돌릴 턴테이블이 달린 오디오가 없으니, 남들이 잘 들고 다니는 야외전축이라도 있었으면…. 그래서 아쉽게도 다른 사람에게 건네준 그 디스크에는 ‘cheap trick’이 부른 ‘I want you to want me’ 라는 곡이 들어있었다.

둘째, 스물세 살 무렵, 원주권 MBC 라디오 ‘별이 빛나는 밤에’ 음악퀴즈에 ‘줄리엣 그레코’가 부른 ‘시인의 혼’을 세 사람의 정답자를 뽑는데, 내가 그 가운데 한 사람으로 뽑혔다. 그래서 수제 셔츠 맞춤권 하나 사은품으로 받아 셔츠를 맞춰 입었다.

애인

애인은 연인, 또는 사랑하는 사람이다.

지난날 이성 친구를 많이 사귄 사람이면 줄줄이 사탕으로 재미있는 얘기를 들려줄 수도 있겠지만, 나는 그 쪽으로는 여러 가지로 뛰어나지 못하여 미안하다.

‘세계를 구름처럼 떠도는 사나이 피터 현’ 에는 재미있는 연애 이야기가 나온다.

애인, 이 낱말의 부족한 뜻풀이는 그곳에서 찾아보시라.

현금

80년대 어느 날, 정주영 회장이 방송에서 대학생들과 대화하는 자리가 마련되었다.

한 학생이 정 회장에게 현금을 얼마나 갖고 있는가 물었다.

그때 회장은 말했다.

"여러분들에게 자장면 한 그릇씩은 사줄 수 있는 정도입니다."

그 방송을 볼 때 내 주머니에는 현금이 얼마나 있었던가?

짐작하기는 우유 한 개와 빵 한 개 살 돈이 모두였으리라.

헐값

어떤 것이든 놀라운 기적의 씨앗이 숨겨져 있으리라.

그런데 아무것도 모르는 사람들은 그 값을 멋대로 부르고 팔고 산다. 오늘과 다가올 어느 날로 미리 더듬어본 값이 싸구려라고 그 값이 늘 싸구려는 아니다.

내가 하는 말은 헐값으로 사거나 팔았다고, 그곳에 숨겨진 참값도 헐값은 아니라는 이야기다.

오늘은 헐값이지만, 그 어느 날에는 금이나 다이아몬드 값으로 사거나 팔아야 할지도 모른다. 그러니 돌다리도 두드려 보고 디디는 모습을 늘 가슴에 새기고 잊지 말 일이다.

산주(山主)

80년대 초반, 나라에서는 헐벗은 야산에 잣나무를 심었다.

산주들은 공짜로 돈을 번 것이다.

현충탑 가까이 작은 골프 연습장이 있었다. 품팔이 일꾼들은 그 곳 뒷산 아래로 모여들었다. 나무를 심을 시간이 되어도 나무 실은 트럭이 나타나지 않았다.

그 일의 감독이 알아본 바는 이랬다.

아침 일곱 시 쯤 나무 실은 트럭이 잘못하여 그 앞의 길가에 있는 작은 부대 안으로 들어갔다.

트럭 기사가 외쳤다.

"잣나무 묘목을 어디다 쏟아 놓을까요?"

초병들은 고개를 갸우뚱하더니 재빠르게 한 쪽 구석을 손짓했고, 기사는 짐칸을 조심조심 움직이며 깔끔하게 묘목을 부려놓고 사라졌다. 그리고 초병은 재빨리 윗선에 보고했고, 곧이어 한 무리의 사병들이 삽을 들고 나타나 부대 안 곳곳에 잣나무를 심었다. 나무심기가 끝나고 얼마 뒤, 나타난 부대장은 흐뭇한 표정으로 미소 지었다. 그리고 부대 밖 주변을 둘러보다가 모여 있는 무리들 가운데 있는 녹지과 공무원에게 고마운 인사를 했다.

"시에서 나무를 보내 주서서 잘 심었습니다. 고맙습니다."

"……."

그 무렵은 쿠데타로 군인들이 그 자리에 앉은 때이니, 작은 특수부대 대장 앞에서 공무원들은 벌벌 떨던 때이다.

애걸

이루고자 하는 것을 들어 달라고 애처롭게 빎.

팔려간 요셉의 이야기가 나오는 창세기 37장 이후에 흘러가다가 보면 가나안 지역에 가뭄이 들고 식량이 떨어져 식량이 넉넉하다는 이집트로 곡식을 사러 야곱의 아들들이 들어갔다. 막내 베냐민을 만나보려는 요셉이 끈질기게 베냐민을 데려오라고 요구하고, 형들은 아버지의 마음을 잘 알기에 갈피를 못 잡고, 요셉에게 가서 애걸하고 아버지에게 가서 애걸하는 모습이 눈물겹다.

좁은 땅

바티칸시국은 지구에서 가장 작은 나라이다.

- 위치 : 로마시
- 언어 : 이탈리아어, 라틴어
- 기후 : 온대지중해성 기후
- 종교 : 로마가톨릭교
- 면적 : 0.44km²
- 역사 : 로마교황이 절대적 주권을 가지는 바티칸시국은 1929
  년 2월 이탈리아와 교황청 사이에 교환된 라테란협정
  에 따라 성립되었다.
- 인구 : 1,000명(1996)
- 통화 : 바티칸 리라(이탈리아 리라 등가)

허전

아무것도 없어서 비어 있는 듯 서운한 느낌.

늘 보이던 사람의 자리가 비어 있을 때 허전하다.

그러나 그 자리가 어찌 사람뿐이랴.

사랑으로 기르던 개가 죽어 사라진 그 자리를 볼 때 허전하다.

이사 온 뒤 어느 날, 옛 마을 앞 도로로 버스 타고 지나가는 동안

창밖으로 보이던 그 마을 자리는 빈터가 되어 있어 허전했다.

손해

사람 사이에 오가며 도움보다는 손해가 되는 사람이 있다.

어디 가 있는지 알 수 없던 사람이 지난날 사이좋게 즐거웠던

때를 들먹이며, 찾아온 이유가 돈 좀 빌려달라는 것이다. 그래

서 적은 돈이지만 빌려 준다. 그리고 몇 해 동안 어떤 소식도 없다가 바람처럼 나타나 또 그 같은 수작이다. 차갑고 뼈 있는 몇 마디가 오간다.

"네가 만나자 그래서 이 녀석이 드디어 꿔간 것 같고 미안해서 밥이라도 사려는가 보다. 생각했는데, 또 돈을 빌려달라는 거냐?"

"몇 푼 안 되는 것으로 사람을 몹쓸 놈 만드는데. 더럽구나."

"그래, 나도 부담 없는 액수니까, 선뜻 너에게 꾸어주었어. 다음에는 이 친구가 즐겁고 가볍게 갚으리라."

"그래서 네 꼴이 뭐냐고 지금 나를 멸시하는 거냐?"

"아니, 너의 지금 태도가 나를 기분 나쁘게 만든다. 그런데 꿔간 것 갚으러 온 게 아니라, 다시 꿔달라니, 내가 은행이라면 이자라도 받지. 그래 떠올랐다. 너에게 돈 빌려줄 사람이……."

"누구?"

듣던 중 반가운 소리란다.

"은행장이나 사채업자를 찾아가 부탁해 봐."

"그게 친구에게 할 소리냐?"

"응, 친구의 돈을 꾸어가서 갚지 않는 친구에게는 할 소리다. 다음에 만나러 올 때는, 너 아는 사람들로부터 착해졌다는 소식 좀 듣고 싶다."

그 녀석은 그 이후로 친구에게 연락도 없고 계속 돈도 갚지 않는다며, 그 당사자는 투덜거렸다.

주머니

가난한 마을에 사는 아이들 중에는 주머니 없는 옷차림의 아이도 있다.
시린 손이라도 넣으면 덜 추울 텐데.
누가 과자를 주면 넣을 수 있을 텐데.

운(運)

운은 복이다.
어떤 사람은 하는 일마다 크게 잘 되고 늘 즐거운 웃음이 넘
친다.
운은 흐름이다.
물 흐르듯 바람처럼 막힘없이 어딘가를 향하여 흘러가며 살아
있다.
사람들은 흐르는 복 위에 욕심을 실어 바람을 잡으려는 듯 목말
라 한다.

당첨

주택복권을 첫 회부터 사서 모아 병풍을 만들어 텔레비전 카메
라 앞에 보여준 사람이 있었다. 그 사람도 몇 번은 1등 당첨을
꿈꾸었으리라. 그러다가 사 모으는 취미가 되어 다 모아 방송
앞에 보여주었으리라. 1등 당첨을 바라는 사람은 당첨되지 않
은 복권을 모으지는 않으리라. 혹시 무엇이든 모으는 게 취미라
면 모를까.

미안

미안한 일을 저지르고도 마치 당연하다는 듯, 누군가 한 번 화
난 눈빛으로 쳐다보면, 뭘 그런 것을 갖고 속 좁게 그러느냐는

몸짓이다. 너무 가까운 사이라 그런 말이나 몸짓이 받아들여진다면 어쩔 수 없지만, 남에게 아픔이나 괴로움을 줬으면, 옷깃 여미고 참으로 미안하다고 말하라.

발바닥
요즘 많은 사람이 걷지 않아 고운 발바닥으로 살지만, 얼마나 두 발로 걷거나 달려서 바쁘게 돌아다니느라 굳은살이 박이고, 티눈이 생기고, 거북등처럼 딱딱하게 갈라졌는가. 그대의 아픈 발바닥에게 쉼이 있으라.

기도
사람보다 힘이 뛰어난 분에게 이루려는 것을 비는 일.

급료
어떤 일을 하고 얼마를 받느냐에 따라 사람의 모든 것이 다르게 보이는 세상이다.
신문 기자 : "당신이 그렇게 많은 출연료를 받는 게 지나치다고 생각하지 않습니까?"
할리우드 남배우 : "이것 보십쇼. 어떤 사람이 나에게 그렇게 많은 돈을 주면서, '이 돈은 당신이 가지시오.' 하는데 누가 싫다고 하겠소."

명세서
어렸을 때 꼼꼼한 어버이에게서 그동안 네가 쓴 용돈을 어디에 어떻게 썼는지 종이에 써서 보이라는, 뜻밖의 말씀에 힘들었던 사람이 있을 것이다. 그런데 내놓을 게 어디 그것뿐이랴.

마지막 숨결 앞에서 하나님이 네게 주어진 삶의 날들을 어떻게 썼는지 숨김없이 말하라고 하실 때가 다가오고 있으니, 오늘부터 그동안의 삶을 뉘우쳐 새롭고 보람되게 살아보라. 얼마나 떳떳하고 아름다운 그날 그때가 되겠는가. 앞날을 꿈꾸어라.

계좌

아주 오래 전에 라디오 방송에서 어느 구두닦이 부부가 이야기하는 것을 들었다.

앞날을 하나님이 함께 하시리라 믿음으로 낭비하지도 않지만, 저축하지도 않는단다.

아, 이시형 박사가 《배짱으로 삽시다》라는 책을 쓴 적이 있는데, 이 사람들은 참으로 믿음의 배짱으로 사는구나. 이들 부부는 그날 버는 대로 필요한 대로 쓰고 이익은 가난한 이웃을 돕는단다. 구두닦이가 얼마나 넉넉해서?

믿음 약한 나 같은 사람은 뒤쫓지도 못할 만큼 밝고 힘차고 부끄러움 없는 사랑의 힘이 넘치는 부부였다.

입금

어느 날 내 통장으로 돈이 들어왔다.

아, 죽을 때까지 아무 걱정 없을 돈이라면 얼마나 좋았으랴.

이는 이루어질 수 없는 꿈같은 이야기이다. 깨어나라.

새로운 나날이 너를 기다린다.

내가 너희를 젖과 꿀이 흐르는 가나안 땅으로 이끌리라.

하나님이 말씀하신 것은 내가 너희를 이끄는 가나안 땅으로 들

어가거든 그 땅을 너희는 젖과 꿀이 흐르는 땅으로 만들려고 뼈
빠지게 일하라.
내가 너희에게 복을 베풀어 젖과 꿀이 흐르는 땅이 되게 하리라.

커피

커피 끓이는 그 냄새.
커피를 좋아하는 사람에게 커피 끓이는 냄새는 라인 강가 로렐
라이 언덕에서 긴 금발머리를 빗으며 부르는 노래의 메아리처
럼 느껴져, 그곳으로 찾아가 반드시 한 잔 마셔야 사는 맛을 느
끼리라. 어떤 사람들은 그 냄새를 따라가다가 사고로 다치거나
죽기도 했으리라.
금발머리 여인의 노랫소리에 취하여 노 저어 가다가 물에 빠져
죽었다는 라인 강가 로렐라이 전설을 떠올릴 만큼 커피 냄새는
삶을 이끄는 그 무엇인가가 있으니, 커피를 좋아하는 사람에게
는 더욱 그러하리라.

악수

사람과 사람이 반가운 느낌을 나타내는 뜻으로 손을 맞잡고 흔
드는 게 무슨 뜻인가?
예전에는 인디언들이 바람처럼 다가와 등 쪽에 감춘 도끼로
사람을 죽였기 때문에, 인디언들이 다른 사람들 앞에 나설 때
너를 해칠 무기가 없다는 뜻으로 빈손을 보여주는 데서 유래
했다.

지갑

노랗게
익은 은행
가을 바람결
후드득 듣는다.

여섯 · 힘 이야기

지쳐 살짝 눈 감은 X는 남이 못 보는 것을 보았다.
'황금 금관을 쓰고 한 손 들고 선서하는 사람'이 번개처럼 스쳐
지나간다.

X는 시의원이 되어, 만나는 사람에게 인사 잘하며, 부지런히 일
하며, 많은 사람의 이야기를 잘 듣고, 거짓말하지 않아서 서민이
뽑은 으뜸 시의원이 되었다.

시장이 되어서도 스스로 낮아지는 모습으로 맡은 일을 제대로
풀어나갔고, 시민들은 희망이 가득한 얼굴로 말했다.
"우리는 무엇을 해도 잘 될 거야."

국회의원이 되어서도 거짓말하거나 뇌물을 받지 않았으며, 한결
같은 모습으로 일하는 아름다운 정치인으로 이름났다.

  대통령이 되어서도 지난날처럼 겸손과 성실로 일하고 받는 보
수로 만족하고, 아랫사람도 그러한 사람들로 일꾼을 삼고, 일자
리, 국방, 환경, 문화, 인권, 치안, 복지를 잘 이끌었다.

퇴임을 며칠 앞둔 그에게 앞으로 할 일은 무엇이냐고 기자가 물
었다.
X는 그 일은 퇴임 후 생각하겠다며 허허 웃었다.

그는 존경받는 대통령으로, 깨끗한 대통령으로, 부끄럽지 않은
대통령으로 일하고, 그 자리를 물러났다.

눈 감은

'맹인 검객 자토이치(영화)' 는 그가 두 눈을 볼 수 있음에도, 앞 못 보는 장님인 듯 움직였다. 눈 감았을 때가 더 빠르게 올바르게 느끼고 두려움을 물리칠 수 있기 때문이며, 보통 사람들은 먼저 눈먼 사람을 공격하지 않아 남들로부터 몸을 지키기 편해서 장님 행세를 했다.

금관

금관은 왕을 뜻한다.
병사들이 예수에게 가시관을 씌운다.
유대인의 왕, 예수라고 쓴 패를 단다.
진리의 왕이다.

선서

어떤 일을 할 때 법대로 성실히 할 것을 여럿 앞에서 굳게 약속하는 의미로 맹세하는 것.
한 손을 들고 하거나, 법전에 손을 얹고 하거나, 성서에 손을 얹고 한다.
많은 눈동자 앞에서 선서하지만, 그 선서를 무시한 모습으로 구겨진 뒷모습을 많이 보인다.
욕으로 그 무엇을 저주하면, 그 입이 더러워지리라.

번개

세상에 번개 치듯 날아가는 번득임보다 사람이 느끼는 빠르기만큼 빠른 것은 없다. 빛은 똑딱하는 그때 지구를 일곱 바퀴 반을 돈다지만, 사람의 느낌은 그보다 더 빠르리라.

인사

사람을 마주 대하거나 헤어질 때 나타내는 예의.

어려서부터 나는 늘 왜 사람을 보고 인사하지 않느냐는 소리를 자주 들었다. 내가 하기 싫거나 그 사람을 무시해서가 아니었다. 어느 정도 마음이 안정되고 생각의 여유가 있을 때는 그래도 덜한 편이지만, 마음이 바쁘거나 황당할 때는 까맣게 잊고 말아, 그때 나를 보는 사람들은 '저 사람은 나에게 안 좋은 다음이 있나? 왜 인사를 안 하지?'라는 생각을 할 수 있다. 나는 누구에게도 그런 마음이 있지 않다. 나 스스로의 마음에 너무 기울어져 있어서 주변을 깨닫지 못해서이다.

시의원

처음에 지방자치 기초의회를 한다고 말했을 때는 '무보수명예직'을 내세워서 온 나라 안의 사람들을 솔깃하게 하더니, 어느 날부터 슬금슬금 유급직으로 하자고 말한다. 이래서 새로운 제도는 돈이 들어가고, 그 돈은 세금에서 나와야 하며, 세금을 내려면 더 힘들기 마련이다. 시정이나 도정을 밀착해 감시하는 좋은 면도 있으나 무보수명예직일 때는 안 지던 멍에를 유급직이 되니 지게 된다.

이것은 사사들이 다스리고 선지자와 하나님의 인도를 받던 이스라엘 사람들이 왕을 세우려 할 때, 사무엘이 무리들에게 왕을 세울 때 돌아오는 여러 가지 문제를 말하는 장면이 나온다. 이는 하나님이 알려주신 것을 사무엘이 무리에게 말하는 장면이다.

거짓말

거짓말이 얼마나 힘든지 속속들이 알고 있어야 하고, 아무리 오래되어도 잊지 말고 있어야지. 어느 때 누가 다가와 불쑥 그때 그 일을 묻게 될지 알 수 없다. 까마득히 잊고 있다가 거짓말인지 드러나 혼날 수 있다. 가장 좋은 길은 거짓말하지 않는 것이다.

그런데 '내게 거짓말을 해봐'가 있으니, 얼마나 거짓말을 잘하는 시대이기에 예술 작품 제목이 《내게 거짓말을 해 봐》인가? 모를 일이다.

거짓말 때문에 일생 고생하는 이야기로 모파상의 단편 《목걸이》가 있다.

서민

아무 벼슬이나 신분이 없이 중류 아래로 돈이 넉넉히 없는 사람이, 희망 속에서 삶이 날마다 나아지고 사는 맛을 느낄 때 서민은 행복하다.

으뜸

대부분 사람들은 늘 첫째를 꿈꾼다.
아니라고? 맞을 것이다.
꼴찌를 꿈꾸는 사람은 없으리라.

그러나 으뜸은 얼마나 힘들고 외로운지.
그대가 이루려는 으뜸의 자리가 그 모든 것을 버리고도 얻을 만
한 값어치가 있는가?
여러 모로 잘 살펴보아야 하리라.

희망

앞 일이 잘 될 것을 바라고 꿈꾸는 것.
바라는 게 없으면 얼마나 불행하랴.
더 이상 바랄 게 없이 모든 것을 이룬 사람은 불행하다. 그러나
세상에서 이루고자 하는 것을 다 이룬 크리스천은 세상에서 가
장 행복한 사람들이다. 그들은 아직도 이루고 싶은 하늘의 소망
이 남아있기 때문이다.
앙드레 말로의 장편소설에 《희망》이 있다.

뇌물

어떤 사람을 스스로 바라는 대로 안 좋은 일에 쓰려고 입막음을
위하여 건네는 돈이나 물건.
어떤 주차장 관리인에게 이웃에 사는 처음 보는 사람이 잠깐 세
워놓게 해달라고 부탁하다가 쫓겨나기를 몇 차례였다. 무엇인가
수상하게 느껴지는 차는 세우게 했다가 범죄와 연관되면 여기
저기 불려 다녀야 하는 일이 될지도 모른다.
그 차의 차주 부인이 과일 상자를 들고 찾아와 주차를 부탁했
다. 그러나 근무자는 안 된다며 그녀를 돌려보냈다. 뇌물은 사
람의 눈을 가리는 것이다.

한결같다

여럿이 하나처럼 똑같다.

오래 전 돌아가신 선생님 한 분이 계셨다.

국어를 담당한 선생님이셨다.

커다란 칠판 글씨가 보기 좋았다.

삶이나 신앙이나 글씨나 말투가 모두 한결같은 분이셨다.

원주 진광고교의 교감으로 계셨으며, 간을 앓다가 돌아가셨다.

그분의 이름은 이상호 선생님이다.

정치인

그들은 선거 때만 되면 '백성의 눈물을 닦아주는 사람'이 정치
인이라고 말한다.

그러나 부정에 연루되어 잡혀가는 정치인을 언론에서는 '교도
소 담장 위를 걸어가는 사람'이란다.

슬픈 정치인들

지난날 얼룩은 어느새 데깔꼬마니
오늘날 바람 따라 철새는 날아가고
키질하는 내일 남는 알곡은 누굴까.

일자리

일하고 싶어도 일자리 찾기가 힘들게 되었다.

실업자들이 흘린 눈물을 삼킨 땅이 이제는 피를 흘리게 한다.

수없이 나눈 일자리는 다 어디로 사라지고 사람들은 새벽 인력
시장에서 일거리를 못 찾고 쓸쓸히 돌아서야 하는가?
허전한 마음으로 막걸리 마신들 무슨 위로가 되랴.
하늘이여, 일자리 찾는 저들을 축복하소서.

국방

나라를 지키는 군사력은 밖에서 어떤 나라가 쳐들어와도 넉넉히
이겨내 밖으로 멀리 쳐낼 수 있으며, 다시는 이 나라를 넘보지 못
하고 두려워 떨도록 따끔하게 혼낼 수 있는 힘이면 되겠다.

환경

흘러가는 시냇물을 목마른 나그네가 마실 수 있으면 좋겠다.
가슴 답답한 젊은이가 어디서든 깊이 숨 쉴 바람이라면 좋겠다.
아무 흙에서나 자라는 채소와 열매를 배고픈 누구라도 먹을 수
있으면 좋겠다.
강이나 바다에서 잡거나 기르는 물고기를 마음 놓고 먹을 수 있
으면 좋겠다.
산과 들과 하늘에서 짐승들이 살 수 있으면 좋겠다.
자연이 병들지 않아 사람이 아프지 않으면 좋겠다.
집이나 공장마다 내버리는 물을 정수하고, 내뿜는 연기를 걸러
내고, 쓰레기를 재활용하여 자연이 병들지 않으면 좋겠다.
모든 사람들이 자연 속에 있는 것들을 함부로 채취하지 않으면
좋겠다.

문화

사람에게 참됨을 향하여 나아가는 사랑을 펼칠 수 있는 숨겨진 힘은 문화이다.

책, 무용, 영화, 연극, 노래, 연주, 그림, 글씨, 운동, 굿, 조각, 비디오아트, 염색, 간판과 건물 색깔, 건전한 종교 활동, 공연에서 숨겨진 힘을 아름답게 펼친다.

그래서 사람으로 하여금 생각지 않았던 더 큰 힘을 나타내게 하리라.

끝없이 속에서 솟아나는 즐거움으로 모든 사람이 기뻐하는 그 하늘에 얼이 닿으리라.

인권

사람을 사람답게 대우해야 하고 대우받아야 하는 존귀한 권리. 사람이 사람을 그 사람의 뜻과는 다르게 팔거나 버리거나 목숨이 하늘 뜻이 아니게 죽어서도 안 된다. 인권을 보호하기 위하여 만들어진 법에 의하지 않고, 함부로 폭력이나 권력 남용에 의하여 사람이 해쳐지거나 사로잡히거나 형을 살아서는 안 된다. 그리고 인권을 높일 수 있는 교육과 섭생 그리고 치료와 보호가 누구에게나 빠짐없이 이루어져야 한다.

치안

사람들이 살아가는 질서가 유지되도록 방범 활동을 위한 순찰과 감시를 통한 경찰의 일을 해야 한다. 무질서는 혼란을 부르고 혼란은 범죄를 부르고, 마침내 체제 유지가 어려워진다.

복지

사회의 그늘에서 외따로 떨어져 살며, 돈 없이 병들고 늙어 힘 없이 사는 사람들, 일할 수 없는 사람들, 가난한 사람들, 정신이 아픈 사람들에게 나라는 최소한으로 살 수 있는 돈과 사회시설과 도움의 손길을 펼쳐야 한다. 그것을 위하여 세금을 내고 있으니까. 이것이 잘 되어야 좋은 나라이고 사람이 살만한 나라가 되리라.

퇴임

맡아서 하던 일을 다 끝내고 그 자리에서 떠나는 것.
떠나기에 앞서 떠날 곳으로 가는 길과 날씨와 주변 풍경을 미리 살펴보아야 하지 않을까?
그리고 그곳에 가서 무엇을 할 것인가?
지난날은 모두 아름다워라.
사람이 목숨으로 살다가 죽음도 영원한 퇴임이 아니겠는가?
어디로 가는가 꿈꾸어라.
그 나라에서 어찌 살까도 생각하라.
세상 삶이 보고 믿는 것이라면, 그 나라는 믿음으로 보는 것이다.

할 일

할 일이 있다는 것은 '뜻있는 일을 하려고 하면 할 수 있다'는 것이리라.

그 자리

어떤 사람이 앉았던 자리, 또는 서 있던 자리, 머물렀던 자리, 그 추억이 사로잡는 것은 그 자리를 차지했던 그 사람이 남긴 자취가 어떠하냐에 따라, 그 자리가 다른 사람에게 다가오는 뜻은 다르다.

계속 맡고 싶은 좋은 냄새를 남겼는가?

더 이상 맡기 싫은 구린내를 남겼는가?

그대가 떠나고 그 자리가 남아 있는가?

그대가 떠나고 그 자리가 사라졌는가?

아름다운 꿈을 꾸게 하는 자리였는가?

고난이 쉼 없이 이어질 자리였는가?

어떤 자리 앞에서 저울질하는 그대에게 아름다운 노래 소리가 들리기를 빈다.

으뜸

장밋빛
융단 깔린
나무 접시 위
빛나는 왕의 홀(笏)*

---

*홀(笏) : 제후를 임명할 때 왕이 손에 쥐는 작은 판

일곱 이름 이야기

X는 한낮의 식곤증으로 졸음에 겨워 잠들었다.
'사람들이 X가 그려진 삼각 깃발을 흔들며 소리치는 모습'에
깜짝 놀라 깨어났다.

X는 신문에서 본 그림과 어떤 행사에서 멋진 공연 의상을 걸친
여인의 시낭송에 반했다.
X는 시낭송가협회의 시낭송 강좌와 그림 학원의 일반인 그림
강좌에 등록했다.
각각 한 주에 두 시간씩 한 해 동안 배워서, 어느 정도 밑천은
마련했고, 나머지는 스스로 얼마나 애쓰느냐에 달렸다.

X의 그림은 밑그림 위에 여러 색을 페인팅 나이프로 겹겹이 다
르게 화폭에 칠하면서 나타나는 형상을 보여주었다.

낮고 굵으면서 맑은 목소리로 읊는 X의 시낭송으로 서점에서는
시가 잘 팔렸다.

X는 나라 안팎의 여러 행사에 초대되어 시를 낭송했고, 여러 화
랑에서 초청 전시하여 반응이 좋았다.

X는 어떤 연예인이나 정치인보다 더 많은 환영과 사랑을 한몸
에 받았다.
남들이 보기에 참으로 행복한 삶이었다.

이름

'사람은 죽어서 이름을 남기고, 호랑이는 죽어서 가죽을 남긴다.'

사람은 그 스스로 살아온 삶을 마치면서 자랑스럽고 존경스런 이름으로 사람들 사이에 기억되기를 바라며, 그 이름이 역사에 남기를 바란다.

어떤 사람들은 독재자들처럼 경치 좋은 곳에 있는 바위에 새겼다. '언제 아무개 왔다간다.' 그리고 자기 돈으로 마을 모퉁이에 자기의 기념비를 세우는 사람도 있다.

어떤 사람들은 지역사회가 필요로 하는 시설을 지어 기부하거나 기념사업을 하여 많은 사람들이 고마워서 송덕비나 기념비를 세우므로, 바라던 대로 자랑스러운 이름을 남기기도 한다.

어떤 사람들은 남이 나를 알아주지 않아도, 스스로 부끄러움 없는 삶을 살아 그 이름을 신의 나라에 새기려는 사람들이 있다.

식곤증

먹고 마신 다음 몸이 나른하고 졸리는 것.

어떤 여자가 한낮에 식곤증으로 졸려 헤맨다.

멋진 남자에게 유혹되어 꿈속에서 신나고 즐겁게 지내다가 거실 소파에서 깨어나 살펴보았다.

아차, 짬뽕 그릇을 밖으로 내놓고 현관문을 잠그지 않아 도둑이 들었나?

모두 훔쳐갔구나.

이럴 수도 있으리라.

졸음

졸음은 이겨낼 수 없다.

옛날에 수사기관에서 고문이 당연시 될 때 참기 힘든 것이 잠 안 재우는 고문이었단다. 재판에서 드물게 판결이 뒤집히는 이유가 잠 안 재우는 바람에 이기지 못하여, 안 하고도 했다고 말하고, 부르는 대로 자술서 쓰고 말았단다.

잠을 못 잤을 때 교통사고로 사람이 다치거나 죽는다.

공장에서 작업하다가 안전사고로 다치거나 막대한 손실을 입힌다.

병원에서 재활치료 중 삼십대 초반의 환자를 만났다.

그는 회사에서 업무 서류의 숫자를 잘못 보고 잘못 써서 회사에 엄청난 손해를 안겼다. 그 충격으로 마비가 왔다. 주변 사물에 대한 인식도 제대로 할 수 없는 일이 많았다. 그래서 오래도록 치료중이다.

이 남자도 그 사고가 나기 전날 밤 잠이 모자란 게 아니었을까?

깃발

나는 방송과 신문에서 일본 사람들을 말할 때, 자주 나오는 '깃발부대' 라는 말을 떠올렸다. 일본이 경제가 넉넉해지자, 그들은 단체로 맨 앞에 깃발 든 사람을 따라서 이곳저곳 구경하고 다녔다.

'태극기 휘날리며' 에서도 깃발부대가 나온 것 같다. 실제는 소

규모로 백병전에 활약했고, 더러는 독전대로 후퇴하는 북한군
을 쏘아 죽이므로, 북한 의용군들은 죽음을 무릅쓰고 전진했다.
(네이버 지식in에서 인용)

신문

눈썹 진한 '영영'의 가수 나훈아 씨가 기자회견에서 말했다.
기사를 쓸 때 사실을 제대로 알아보고, 진실하게 쓰라는 것이
다. 기자들이 소문대로 기사를 쓴다면, 무엇하러 전쟁터에서 죽
기까지 사실을 취재하여 기사를 써야 하는가? 기자들이 펜대를
놀려 쓰는 그 기사로 사람을 죽인다. 행복한 앞날을 꿈꾸기에도
부족한 처녀들인 김혜수와 김선아에 대해 잘못 쓴 기사는 바로
잡아 달라고 말한다.
그 기자회견 날은 엉터리 기사로 믿거나 말거나, 아니면 말고,
한탕 터뜨려보자는 배짱으로 살던 기자라는 사람들이 망신당하
는 날이었다. 그들이 쉽게 말해 '딴따라'라고 손가락질하던 가
수에 의해. 그 딴따라가 다름 아닌 기자 스스로였음을 양심이 한
쪼가리 살아 있다면 여실히 깨닫고 반성하는 날이었다.
그런데 그들 중에서 그 기사 쓰는 논법이 달라지지 않은 사람이
있다면, 그 기자는 미안하지만 아직도 딴따라이다.

그림

어떤 사람은 중요한 삶의 순간 앞에서 아무 도움 안 되는 우스
갯소리로 하루를 보내려 한다. 개그맨들이 방송이나 연극의 배
역이 그래서 하는 것은 그 사람의 꿈이 이루어지는 순간이니까
질적으로 다르다. 다른 사람에게 휴식을 주면서, 스스로는 꿈을

이루고 돈을 버니까.

행사

초등학교 때 운동회였다.

운동장 하늘에 나부끼는 만국기와 운동장 옆으로 나무 그늘마다 구경하는 어른들. 쉬지 않고 들리는 행사용 경음악, 솜사탕 들고 다니는 아이들, 달리고, 줄다리기하고, 큰 공굴리기, 오자미 던져 박 터뜨리기, 모두들 기쁘게 웃는 얼굴들.

가을 하늘처럼 푸른 시절이었다.

공연

고등학교 이학년 때 겨울 크리스마스 며칠 앞두고 '학생의 밤'에서 연극을 공연했다.

물론 교인들과 학교 친구들이 관객이었다. 나는 대본을 쓰고 연기를 지도했다. 모든 게 어설퍼 보였지만, 모두 열심히 했고, 만족했다.

타락한 삶을 떠나서 독립 운동하다가 잡혀 고문당하면서 해방을 맞고 일본군이 쫓겨 가는 내용이었다.

의상

왜 텔레비전이나 예술관의 공연에 나오는 여가수들이나 배우들은 모두들 벗어젖힌 차림으로 서서 노래 부르고 연기하는가? 젖가슴이 대부분 쏟아질 것 같은 그녀들을 보면, 오래 전 비디오 대여점에서 인기가 높았던 진도희 주연의 '젖소부인 바람났네'는 왜 떠오르는가? 저 가수들은 노래 부르러 나왔는가? 속가슴

드러낸 옷차림을 보여주러 나왔는가?

시낭송

황금찬 시인이 아흔의 연세로 원주시립박물관에서 강연했다.
어느 해인가 어느 기업 창립일에 초대받고 가서 시를 한 편 낭송하고 이십만 원 받을 때, 그 옆에 있던 가수는 이백만 원을 받았단다.
내가 들은 시낭송의 충격은 초등학교 사학년 때이다.
국어시간, 듣지 못한 김소월 시인의 '진달래꽃'을 한 아이가 일어나 암송했다. 그 아이라면 이십만 원은 벌었으리라. 멋지게 훈련된 목소리로 하는 낭송이 아니었지만, 듣고 그 뜻을 생각하게 하는 낭송이었다. 돈 받고 낭송을 전문으로 하는 낭송가들은 너무 멋을 부려서 어쩐지 시보다는 그 낭송 기교에 빠져들게 하는 어색함이 있다.

그림 학원

이외수의 소설 《들개》에 나오는 화가는 어느 버려진 학원에서 쥐를 잡아먹으며, 멀쩡한 집개를 굶겨서 야성을 드러낸 들개의 모습으로 그린다.
돈 버는데 관심이 있다면, 가까운 시내의 그림 학원에서 가르쳤으리라.
세상을 멀리 하고 허물어져 가는 학원 건물에 1, 2층으로 나뉘어 남녀가 산다.
아흔아홉 마리의 들개 그림을 그리는 남자와 그 들개 그림과 사랑에 빠져버린 이야기. 그리고 남자는 그림을 그린 다음 죽은 모습으로 그녀에 의해 발견된다.

등록

이 나라에 살면서 등록을 안 한 채 살았던 한 사람을 알고 있다. 그러면 그 사람이 죽었느냐? 아니다. 살아있다. 능력은 없으면서 재주도 좋게 돈을 빌려 쓰고는 갚으라고 쫓아다니는 사람들이 보기 싫어 주민등록을 안 한 채 살고 있다.

전에 그랬는데 지금은 어쩐지 모르겠다. 말은 잘해 돈 빌려 준 사람들이 속아 넘어간 것 같다. 재주는 있는 것 같고 좀 버는 것 같은데 여러 가지로 살펴보면, 맹물이란 결론이다. 그래서 등록을 안 하고 사는가 보다. 여러 가지로 귀찮으니까. 물 없는 구름이며 갈 곳 모르는 바람처럼 외롭게 그나마 바쁘게 산다.

배움

무엇을 모르는지 알아야 배울 수 있고, 무엇을 하려는 뜻이 있어야 배울 수 있고, 배우려는 뜻이 있어야 배울 수 있다.

어느 가난한 사람이 가족에게 말했다.

"가난을 벗어버리자.

배워야 한다.

배우지 못하면 가난하고, 가난하면 배우지 못한다."

그는 힘들게 일하여 아이들을 대학까지 가르쳤다.

이제부터 가난의 고리를 끊는 일은 많이 배운 아들딸들이 해야 한다.

밑천

맨몸의 젊은이들이 피 끓는 젊음으로 권투를 한다.

김득구와 최요삼이 권투하다가 너무 일찍 다른 세상으로 갔다.

권투가 아니라면 여기서 오래 살았으리라.

많은 사람들이 땀 흘려 밑천을 마련하여 바라던 일을 하려한다.

그럴 수 있다면 행운이다. 왜 그런가?

배운 게 그것뿐이라서 어느 정도 돈이 마련되면, 다른 일을 하기는 벌써 늦었고, 그 옆에서 비슷한 일을 하고, 동호인 모임에 얼굴을 보이며 산다.

남들로부터 추임새 소리를 들었던지 안 들었던지 많은 사람들이 그럴 것이다.

후회하지 않으려면, 빠르게 자기의 밑천과 소질이 무엇인지 찾아내 그 길로 달려가야 한다.

색

그림을 그리는 사람은 색깔에 이끌리어 밑그림을 잊어서는 안 되고, 그림을 보는 사람은 그 모습에 이끌리어 색깔을 잊어서는 안 된다.

화폭

작은 화폭에 물감으로 그리는데 만족하지 못하는 사람들 중에는 화폭 대신 계곡, 바다, 대지, 거대한 건물 등을 대상으로 작업하는 예술가도 있다.

장클로드와 크리스토 부부가 그 사람들이다.

1950년대 말부터 유리병이나 캔 등을 천으로 포장하는 방식으로 작업하던 크리스토는 장클로드와 함께 점점 더 작품 크기를 키운다.

핑크색 천으로 바다에 떠 있는 섬 주위를 두르기도 했고, 허허 벌판에 수십 ㎞에 달하는 울타리를 세우거나 초대형 우산 수천 개를 꽂기도 했다. *(http://www.cyworld.com/maktubno1shu/201596 현연수 2007. 11. 06 15:17에서 일부를 인용)*

페인팅 나이프

유화 물감을 화면에 바르는데 쓰인다.

돌 깨는 사람을 그린 쿠르베가 처음 페인팅 나이프를 사용하여 그렸다고 한다. *(《두산백과》에서 인용)*

그런데 내가 하고 싶은 말은 어떤 화가나 작가이든 스스로가 만든 것에 만족하지 못하는 마음이다. 그래서 애써 만든 것을 슬프지만 파괴한다.

어떤 화가는 그림 그리던 팔레트와 페인팅 나이프를 내버리고 훌훌 한동안 여행을 떠나기도 한다. 영감이 막히거나 사라져 안 되는 그림을 억지로 그리느니, 여행으로 빈 마음을 가득 채우고 돌아와 새로 그리는 게 낫겠다.

형상

어떤 조각가가 돌을 깎고 다듬어 멋진 작품을 만들었다.

주위에서 이 사람, 저 사람이 그 조각가를 북돋우는 칭찬과 격려를 아끼지 않았다.

어떤 문화부 기자가 그 조각가에게 물었다.

"어떻게 저런 형상을 깎아낼 생각을 떠올렸습니까?"

그는 엷게 미소 지으며 "나는 그 돌 속에 숨겨진 모습이 보일 때를 기다렸다가 모습이 보이자 필요 없는 부분을 깎아냈을 뿐입니다."라고 말했다.
마음속 형상이 그 대상 안에 보일 때 그대로 그려보면 좋은 그림이 될 수 있겠다.

화랑

그림을 전시하고 구경하는 사람들이 구입 예약하는 곳이다.
내가 체험한 곳은 화랑이 아니다.
그때는 원주에서 문화에 관한 전시는 주로 가톨릭센터 전시실을 이용했다.
고등학교 문예반과 미술반이 협동 작업으로 시화전을 했다. 문예반에서는 시를 쓰고, 미술반은 그림을 그렸다.
그 작품을 전시했더니, 몇 사람은 팔 수 없는가 묻기도 했다.
그러나 팔 생각이 없었기에 아쉬웠다.
그 시가 '여심은 창가에 깃들다' 이다.
그 전시실이 원주의 문화인들에게는 화랑 같은 곳이었다.

초청

2007년 10월 김삿갓의 묘가 있는 영월군에서 초청하는 대한민국 시인대회에 참석했다.
황금찬 시인은 일생에 이렇게 많은 시인들이 모인 자리는 처음 본다고 말했다.
그리고 열흘 쯤 지나서 경남 하동군에서 토지문학제를 한다고 원주문협회원들을 특별 초청했다. 이것은 《토지》의 작가인 소설가 고 박경리 씨가 당시 원주에 살고 있었기 때문이다.
그날 밤 최 참판 댁 마당가를 오가는 김지하 시인을 보았다.

반응
첫 시집《무지개 저 편에서》를 읽은 반응이다.
맑은 영혼을 느꼈다.
구절마다 뜻 깊다.
가슴 찡하다.
종교적인 글을 쓰는 게 좋겠다.

연예인
이름 석 자만 들으면 누구나 다 아는 이름난 개그맨이 되겠다고 대학노트 한 권 가득 개그 원고를 써서 외우고 다니며, 때에 따라서 그 우스개 연기를 보여주던 그는, 이름난 개그맨은 못 되었고, 바라던 개그맨 콘테스트에 나가보기는 했는지 궁금한 그는 지방의 작은 이벤트 기획사에서 일한다.
고교 동창 가운데 한 사람은 기타를 들고 다니는 가수란다. 치악문화제 '노래자랑'에서 상을 받았고, 몇 해 전 지역 생활정보 신문 한 귀퉁이에 나온 얼굴 사진과 함께 그 기사에는 그동안 디스크도 여러 장 냈단다. 이 사람도 빛을 못 본 가수이다.
이 두 사람은 내가 아는 연예인이다.

남들이 보기에
개성을 존중하는 서양에서는 스스로 좋으면 모든 일이 다 좋다고 여긴다. 그러나 동양 유교권 나라에서는 남들이 보기에 어떤

가를 따진다.

남들이 보기에 좋으면 다 좋다고 여겨 흔쾌히 받아들이기도 한
다. 그러나 어딘가 한 구석이 개운치 않다. 개인의 독특한 개성
에 의한 선택이 없기 때문이다.

이름

비둘기
날려 보내
꽃종이 뿌려
반기는 사람들

여덟 배움 이야기

X는 영화관에서 '화려한 휴가'를 보다가 삼분 정도 중간에 잠
깐 졸았다.
그때 '손 돋보기로 사전 읽는 모습'을 보았다.

영화를 보고 나온 X는 길 옆 놀이공원에서 놀고 있는 아이들을
둘러보며 혼란스런 머리를 식혔다. 그때, 한 아이가 그에게 다
가와 물었다.
"아저씨, 사람은 왜 죽나요?"
"처음 있던 그대로 있으려면, 자연스러운 태어남과 죽음이 되풀
이 되어야 한단다."
"죽은 다음에는 어떻게 되는가요?"
"사는 동안의 잘못을 슬퍼하며 뉘우치고, 사는 동안 꿈꾸던 깊
이와 길이와 넓이만큼의 아름답고 좋은 나라에서 산단다."
X는 그 아이에게 손 흔들고 공원에서 나오면서 스스로가 삶과

죽음을 모르는 것이 부끄러웠다.

X는 도서관으로 가서 이것저것 검색하며 모르는 것을 배우는
기쁨에 빠져들었다.

-기독교
기독교는 나사렛 예수의 가르침을 중심으로 하나님만을 섬기
는 종교이다. 기독교도들은 예수가 구약성서에 예언된 구세주,
하나님이라고 믿는다. 이는 하나님이 사람의 몸으로 나타났다
는 믿음이다. 기독교의 경전은 성서로 구약성서와 신약성서가
있다.

-사도들
예수가 하늘로 올라가고 사도를 비롯한 120명의 사람이 예루살렘

을 떠나지 않고, 마가의 다락방에서 기도했다. 그들은 오순절에 성령으로 방언하고 전도한다. 이후에 그리스도교 복음은 다메섹에서 예수를 만난 바울 사도의 전도로 급속히 퍼져나간다.

-가르침

기독교는 예수의 수난과 죽음을 인간의 구원을 위한 죽음으로 보며, 성찬례를 통해 인간의 구원을 위해 희생한 예수의 몸과 피를 받아들인다.

하나님 : 여호와 하나님을 오직 한분의 하나님으로 섬긴다.

사람 : 모든 사람은 하나님 앞에서 죄인이기에, 이 영혼으로는 하나님의 나라에 들어갈 수 없다. 사람의 몸이 죽더라도 '영혼'은 죽지 않는다.

구원 : 예수의 공로를 덧입음으로 하나님의 나라에 들어가는 것
이다. 구원받은 사람은 다시 몸으로 살아난다.

미래 : 예수가 다시 올 것이며, 이때 새로운 세계가 다가올 것
이다.

하나님이며 사람인 예수
'처음에 말씀이 있으셨다.' 에서 '말씀' 은 예수가 하나님임을 말
하고, '예수께서 사람이 아니라고 말하는 사람들은 적그리스도
이다.' 라는 말은 예수가 사람임을 말한다. *(《위키백과》에서 인용 풀
어 씀)*

이 자료를 읽고, X는 성경을 창세기에서부터 계시록까지 다 읽
었다.

마가복음 12장에 있는 말씀이 X의 가슴에 다가왔다.
네 마음을 다하고 목숨을 다하고 뜻을 다하고 힘을 다하여 주 너의 하나님을 사랑하라.
네 이웃을 네 몸과 같이 사랑하라.

X는 말씀 속에서 얻은 평안과 큰 기쁨을 믿음으로 새롭게 태어난 느낌이다.
에녹, 엘리야, 예수.
이 세 사람은 하늘로 들려 올라간 사람들이다.
그러면, 나도….
X는 하늘을 바라보고 '허허허' 웃었다.

영화

'성웅 이순신'이 내 기억 속의 처음 본 영화였다. 명륜학교 운동장에 우리는 줄맞춰 서 있었고, 인솔하는 선생님을 따라서 학교에서 멀지 않은 시공관까지 걸어갔다.

입구에서 아이들은 한 사람마다 삼십 원을 내고, 들어가 영화를 보았다. 그런데, 이순신 장군이 손목시계를 차고 있었다.

그 영화를 보고 돌아온 이후로 잠자리에 누우면, 스크린 위로 펼쳐지는 그림이 자꾸 손짓하는 듯했다.

자주 기회가 될 때마다 영화를 보았다.

휴가

어느 해인가 여름휴가가 다가오고 있었다. 너무 지친 나머지 아무 생각 없이 어, 어, 하다가 휴가를 맞았다.

지쳤으니까 첫 날은 잘 쉬고 둘째 날부터 뭔가 보람 있게 보내자.

둘째 날 아침에 늘어지게 늦잠 자고 일어났다. 그런데 잠을 길게 자다가 일어나니, 어라? 모든 게 귀찮네. 그래, 오늘 하루 느긋하게 쉬면서 남은 사흘은 뭐할까 생각하자.

친구에게 전화하여 오후에 약속 장소인 거리에서 그의 차가 나타나기를 기다렸다. 드디어 저만큼 친구의 차가 나타났다. 내가 뒷자리에 앉았다. 앞자리 운전석에는 친구의 동생이 앉아 있었고, 친구는 조수석에 앉았다. 가면허를 받은 상태에서 주행연습

중이란다.

한 시간 정도만 더 연습하고 나서 대관령 넘어 가서 하루 같이 쉬고 오잔다. 그래서 뒤에 앉아 운전 연습이 끝나기를 기다렸다.

얼마쯤 달리다가 차량은 '쿵' 하는 소리와 함께 휘청 몸이 흔들렸다.

고개를 길게 뽑고 내다보니 친구 동생이 운전하던 베스타가 길가에 멀쩡히 서 있는 트럭을 들이받고, 그 트럭이 밀리면서 그 앞의 승용차를 받은 것이다. 그 일을 뒤처리하느라 함께 가려던 휴가는 날아갔다. 그래서 이틀은 흘러갔다.

셋째 날, 특별한 문화시설이 없어 영화 한 편 보고, 더위를 탓하며 가까운 대중탕에서 냉수로 씻고 나왔다.

어제 그 친구가 저기서 배고픈 얼굴로 걸어온다.

좀 더 걸어서 원동성당 맞은편 골목에 있는 식당에서 막국수를 한 그릇씩 먹었다. 뱃속까지 시원했다.

다음날 아침 일찍 시외버스를 타고 서울로 가서 어느 구석을 걸어가다가 배고파 식당에서 김치찌개를 먹고 공원으로 가서 동물을 구경하다가 저녁 시간이 되어서 버스 타고 원주로 돌아왔다. 아, 내일 하루 남았네. 뭐하지?

그러한 꿈꾸다가 깨어보니, 오전의 절반이 흘러가고 있었다.

어머니는 닭을 삶아내었다. 그래서 소금 찍어 백숙 먹고 나니 조금은 덜 허전했다.

책꽂이에 있는 읽지 않은 책들을 밤새워 마저 읽었다. 그리고 그동안 써둔 글 중에서 마음에 들지 않는 것들은 버리고, 몇 곳을 고치고, 밖으로 나가 호수 주변과 매지 캠퍼스를 산책하고 돌아왔다.

사전

인터넷이 연결된 컴퓨터 앞에서 여러 가지 필요한 자료를 정리하노라니, 온라인 사전을 찾는 게 버릇이 되어 종이로 된 사전을 찾아보는 버릇이 사라졌다. 죄수처럼 갇힌 몸이라면, 극어사전을 옛날처럼 뒤적이며, 찾고 또 찾았으리라. 밑줄 쫙 치견서. 오늘부터 조금씩 읽어보자. 어느 날 좋은 글이 어떤 사람의 행운처럼 떠오르리라.

혼란

이 나라는 왜 말썽 많은가?
해맑은 얼굴로 넋 놓고 있는 사람아, 열정과 욕망으로 바쁜 사람들이 손해 볼 수 없어 다투느라 이 나라는 말썽 많고 시끄럽다.

태어남

하나뿐인 목숨으로 사람이든 오리이든 풍란이든 비슷한 것들이 태어나도 목숨은 오직 하나이다. 새로 태어나는 것은 새로운 삶을 살아갈 꿈을 주기에 아름다운 것이다. 목숨이 없는 조각품이 만들어져도 기쁘고, 승용차가 만들어져도 기쁘다. 그러니 사람이 태어나고, 그 사람이 빚어낸 예술은 얼마나 아름다우랴.

죽음

첫 사람이 태어나고 그가 아내를 맞아서 많은 아이들이 태어나고 살았다.

어느 날부터 비가 내리지 않고 땅은 열매와 곡식이 자라지 않으면서 사람들 살아가는 일이 힘들어졌다.

그때 사람들이 예언자를 찾아가 묻는다.

"언제쯤 비가 내리고 땅이 다시 소출을 낼 수 있느냐"고.

예언자는 다시 신에게 묻는다.

"언제 비가 내리고 땅이 열매를 맺게 될 것입니까?"

신은 예언자에게 말한다.

"첫 사람이 죽으려하면, 내가 그를 죽이고 그가 땅에 묻혀야 하늘에서는 비가 내리고 땅은 열매를 맺게 되리라."

예언자가 첫 사람에게 이 이야기를 들려줬으나, 첫 사람은 죽기를 싫어한다.

그러나 후손들을 잘 살 수 있게 하려고 죽음을 받아들인다.

얼마 후 그 재가 뿌려지고 하늘에서는 비가 내린다.

땅은 다시 열매를 맺고 생기를 얻어 식물이 자라며 사람들도 살았다.

잘못

사람이 사는 동안 슬픔이 있으면 기쁨도 있다.

스스로에게 대하여, 다른 사람에게 대하여, 스스로가 서 있는 그곳에 대하여, 다른 곳에 대하여 그 빛과 그림자가 살아온 전부를 보여주리라.

그 모든 것을 올바르게 바라볼 눈이 있는가?

뉘우치고

잘못된 것을 뉘우치지 마라.

인생 뭐 볼 것 있나?

한방이면 끝나는 거야.

좋은 것이든, 나쁜 것이든 목숨이 오락가락하지 않는다면, 불새처럼 뛰어들리라.

자취 없이 즐거움만 쫓는 부나비여, 하루살이 같은 인생들아, 뉘우치며 사람처럼 살아라.

깊이

얼마나 깊은가.

우리 동네 우물보다 깊은가?

무항골의 저수지보다 깊은가?

아무리 깊어도 보이는 물은 사람의 마음처럼 깊지 않으리라.

그 속을 어떻게 채우랴.

욕망으로 채우기 원한다면 죽어야 끝나고, 어쩌면 죽어도 드 채우지 못하리라.

150미터 지하수를 자랑하며 마셔도 참된 길을 알거나 믿지 않으면, 쉼 없이 마셔도 목마르리라.

길이

아이들 끝말잇기 노래가 떠오른다.

- 원숭이 똥구멍은 빨~개, 빨가면 사~과, 사과는 맛있어, 맛있으면 바나나, 바나나는 길어, 길으면 기차, 기찻길 옆 오막살이 아기아기 잘도 잔다. -

길이에 사로잡혀 사는 사람들이 있다.

작다.

너무 크다.

길다.

짧다.

남들이 뭐라 말해도 슬퍼하거나 기죽지 말고 그대가 표준이라, 그대가 으뜸이라 여기며 만족하라.

넓이

하나님이 아브라함에게 "네 눈에 보이는 끝까지 그 땅을 주리라."하셨다.

톨스토이는 '사람에게 얼마의 땅이 필요한가?'를 썼다.

해 뜨는 아침부터 해 지는 저녁까지 달려갔다 돌아온 넓이만큼 그 땅을 주리라.

그 이야기를 들은 남자는 아침부터 힘껏 달려갔다가 해질 무렵 달려서 돌아왔다.

너무 지쳐 쓰러져 죽으니, 그에게 필요한 땅은 그의 무덤으로 쓸 넓이만큼뿐이다.

검색

책이나 인터넷의 자료 가운데 필요한 자료를 찾아 뽑는 일.

정보의 바다인 인터넷에서 쓸모 있는 좋은 정보를 얼마나 빨리 찾아내 잘 활용하는가?

이 능력이 21세기를 사는 사람의 가치가 되기도 한다.

나는 타자도 거북이처럼 느리고 자료 찾기도 나무늘보처럼 느리니 살아남기 어렵겠다.

그래도 살아나면 신의 은혜이다. 할렐루야.

자료

누군가 자료를 많이 갖고 있을 때 그 사람은 몸값이 높게 매겨
진다.

그 사람은 돈과 권력 가까이 다가간다.

그 사람이 돈과 명예와 권력 쪽으로 기우는 해바라기 같은 사람
이라면 더욱 그렇다.

마음이 순수한 사람은 자신이 갖고 있는 자료 이상도 이하도 바
라지 않고, 쓸 만큼만 쓰고 그 자리를 뜬다.

성경

어떤 종교이든 그 종교의 경전이 성경이다.

그러나 일반적으로는 기독교의 구약성서와 신약성서를 말한다.

성서는 하나님께서 인류를 구원하려는 목적이 역사 속에서 어
떻게 흘러왔는지 보여준다.

그 정점은 예수의 사역이고, 그 이후는 사도 바울의 전도와 그
편지들이다.

사람의 영혼을 변화시키는 거룩한 책이 성서(BIBLE)이다.

가슴

이덕화가 노래 음반을 발표하고 자서전도 출판했을 때, 그 책과
노래 제목이 《가슴으로 부르는 노래》였다. 차가운 칼날 같은 세
상에서 가슴이 사라진 지 오래다.

그러나 따스한 사랑의 가슴으로 슬픔을 끌어안고 함께 나누려는 사람들이 많다.
왼손이 하는 일을 오른손이 모르게 사랑으로 어려운 이들을 섬긴다.
가슴 없이 살기를 바라는가? 아니면, 사랑으로 남기를 바라는가?

목숨

사람이나 동물에게 살아서 움직이게 하는 힘.
자신에게 주어진 사명이나 소명 내지는 재능이 무엇인지 깨닫고 그것을 이루고 싶은 사람들은 끈질기게 그것을 이루기까지 무쇠목숨으로 살아남아라.
김동길 교수가 강연할 때에 "죽을 뻔 했지만 살아난 사람들이 많다. 사명을 다하지 않은 목숨은 죽을 수 없고, 죽어서도 안 되는 게 하나님의 뜻이다."라고 말했다. 그래서 가장 불행한 사람은 소망을 이룬 사람이다.
나이가 얼마이든 그대가 아직도 살아있다는 것은 할 일이 남은 것이고, 아직도 하나님은 그대에게 소망을 품게 하심을 깨달아야 한다.

뜻

젊은이여, 어떤 뜻을 세웠는가에 따라 그대의 모습에서 나타나는 빛이 다르게 보인다.
그대의 모습은 그대 안에 담긴 뜻이 내뿜는 빛이고 힘이다.
이제, 그대가 걸어가는 길에서 그대의 걸음걸이와 몸짓, 이마에

흘리는 땀은 그대 속에 품은 뜻을 겉으로 보이게 하고, 그 열매
를 얻게 하리라.

믿음

거리에서 선교를 위하여 전도지를 나눠 주거나 소리치는 사람
도 있다.

그들은 차근차근 교리를 알려주고, 그 내용이 소개된 책자를 주
면서 자신들이 드리는 예배 시간이나, 공부하는 모임에 나오서
사귀며 믿으라는 것이다.

이것은 참으로 무모하다.

믿음은 스스로 믿어져야 믿는 것이다. 강요한다고 믿어지는 것
은 아니다.

어떤 지도자는 11년 이상 지나서야 믿었다고 고백했다.

너무 짧은 시간 안에 믿음을 강요하지 말라.

부드럽게 스며드는 참된 진리로 사는 모습을 보고 믿음으로 따
를 만한 경건한 능력이어야 한다.

느낌

느낌은 말보다 빠르게 알려준다.

번개가 번쩍이듯 다가오는 사랑과 같다.

천재와 같다.

예술인들은 창조의 즐거움에 젖어든다.

오해하지 말고 현명하게 판단해야 한다.

하늘

하늘을 보니 떠오른다.

– *눈이 부시게 푸르른 날은 그리운 사람을 그리워하자. –

한숨과 눈물과 절규에 찌들지 않은 맑고 푸른 하늘 위의 하늘,
그 위의 셋째 하늘에 이끌려가 그 낙원에서 사람이 말하지 못할
말을 들었다고 사도 바울은 알려준다.

웃음

웃음이라고 써 놓고 보니 '쿵따리 샤바라'가 떠오른다.

– **마음이 답답하고 울적할 땐 산으로 올라가 소리 한 번 질
러 봐. –

참된 웃음을 잃고 사는 사람들아, 산 위에 올라가서 소리쳐 웃
어라.

억눌린 답답함이 사라지리라.

새 힘을 얻고 마을로 내려가자.

---

*서정주의 시 '푸르른 날' 중에서 인용했다.
**클론(구준엽, 강원래)이 부른 노래. '쿵따리 샤바라'의 노랫말 가운데 한 구절

배움

펼쳐진
사전 위에
웅크려 앉은
부엉이 눈동자

아홉 깨달음 이야기

X는 호산나 치과에 검진하러 갔다.

순서를 기다리는 동안 펼쳐든 신문에서 이스라엘의 무덤 사진을 보았다.

비어 있는 바위 무덤이었다.

X는 치과에서 나오는 길에 '기드온협회'에서 나누어주는 신약성경을 받아들고 집으로 가서 읽었다.

요한은 요단강에서 사람들에게 "회개하라." 외치면서 침례를 베풀었다.

어느 날 예수도 요단강으로 찾아와 침례를 받겠다고 말했다.

요한은 예수를 알아보고 주저했다. 그러나 예수는 이를 통하여 의를 이루라며 요한에게서 침례를 받고 물에서 올라올 때, 성령이 비둘기 모습으로 날아왔다.

목수였던 예수는 타오르는 불꽃처럼 주님으로서 일한다.

사막에 가서 금식하며 사탄의 시험을 물리치고, 돌아와 많은 병자
를 고치고, 수많은 기적을 베푼다. 여러 말씀으로 가르쳤다.
성전을 헐라. 사흘이면 지으리라. 주님이 말한 대로 가룻 우다
의 배신으로 은 삼십에 팔리고, 온갖 모욕과 고통을 말없이 당
하며, 죄인 바라바가 살아난 대신 골고다 언덕에서 십자가에 못
박혀 죽고, 사흘 후 부활하여 여러 증거를 보이다가 감람산 언
덕에서 하늘로 올라갔다.

X는 곰곰이 따져본다.
예수는 세상 사람들의 모든 죄를 대신하여 죽었고 부활 승천했
으나, 구원받은 이들이 살 집을 하늘나라에 마련하면, 그들을
데리러 다시 온다고 말했다.
세상에는 착한 사람을 대신하여 죽는 사람이 있을 수 있다.
쓰러진 나라를 되찾으려고 목숨 바치는 사람도 있다.

그러나 세상을 죄에서 구하려고 대신 죽는다?
죄인을 죄에서 구하려고 대신 죽는다?
얼마나 그 죄인을 사랑하기에?
그래서 우리는 구원받고, 새로운 생명이 되었으니, 나도 그분
닮아가는 삶으로 남은 시간 동안 기쁨을 돌려 드릴까?

X는 성경, 전도지, CD, 예수 전기를 자기 돈으로 사서 거리를 지
나가는 사람들에게 나눠준다. 그러나 X는 부족함을 느낀다.
더 적극적으로 움직이리라.

호산나

'구하옵나니, 이제 구원하소서.'의 뜻을 가진 하나님을 찬양하
는 말. 신약 성경에 나오는 말로, 예수가 예루살렘에 마지각으
로 입성할 때에 군중이 환영하는 뜻으로 외쳤다. (《두산백과사전》
에서 인용)

치과

이가 망가지면서 치과에 자주 갔다.
치과에 가서 의자에 누우면 영화 속 정신과 진찰실에 있는 길게
눕는 의자가 떠오른다.
치과는 드릴 소리가 무섭지만, 정신과는 조용하고 엄숙하다.

검진

건강 상태와 질병의 유무를 알아보기 위하여 증상이나 상태를
살피는 일.
정기검진이 있다고 하는 하루 앞서 밤 아홉 시 이후 아무것도
먹지 말고 아침도 굶고, 병원에서 건강 검진하라는 지시와 함께
내일은 쉬란다.
다음날 검진을 마치고 병원에서 마련한 빵과 우유로 늦은 아침
을 먹고, 그냥 지나치려니 아직도 배고파 같이 배고픈 또 다른
낯선 사람에게 아침을 안 먹었다면 황태 해장국 먹으러 가자고
말했다.

그날 그 늦은 아침을 함께 먹고 그와 나는 벗이 되었다.

순서

삶에는 차례가 있다. 잘 살펴보라. 밥상을 차릴 때 그 차례를 생각해 보라. 먼저 식탁을 깨끗이 닦고, 그릇받침을 놓고, 빈 접시와 숟가락과 포크, 나이프를 놓고, 수건을 놓고, 준비된 음식을 놓고, 물 잔과 포도주 잔을 놓고 등…….

모든 일에는 그 차례가 있다. 반드시 지켜야 할 것은 아니라도 대체적으로 사람들이 지키는 관례화된 상식이 있다. 그러나 돌연변이들은 상식을 따르지 않고 살아간다. 오직 목적을 먼저 이루려고 달려갈 뿐이다.

바위 무덤

마태복음 27장을 보면 아리마대 부자 요셉이 바위를 파서 자기 무덤 자리로 미리 마련한 곳에 예수의 시체를 세마포로 싸서 두고 바위로 그 무덤 입구를 막았고, 시체 도둑을 막으려고 빌라도는 무덤을 인봉하고 병사들이 지키게 했다.

사진

요즘은 컴퓨터 기술의 발달로 인하여 사진을 잘 찍고 필요한 부분만을 확대하고 수정하여 원하는 이미지를 만들 수 있다.

어느 해인가? 사진관을 찾아가 아는 사진사와 이야기하는 중에 들은 이야기이다.

한 손님이 사진을 찾으러 왔다. 사진을 받아든 손님이 짜증을 냈다. 왜 사진 속의 얼굴이 머리카락이 없느냐고. 그 손님의 얼굴을 보니 대머리 아저씨였다. 할 말을 잊고 바라보기만 하니까, 그 손님은 돈을 내고 사진을 갖고 갔단다.

그 손님은 사진을 포토샵 작업으로 머리카락도 넉넉한 사람으로 만들어주기를 바랐던 것 같다. 그러나 여권이나 주민등록증용 사진은 생긴 그대로 나와야 하는 게 원칙이다.

기드온 (Gideon)

구약성서에 나오는 이스라엘의 판관. 므나쎄족(族) 아비에젤의 후손으로, 므나쎄족 출신 300명의 정병(精兵)을 이끌고 이즈르엘 평야에서 미디안인(人)의 대군을 맞아 크게 이겨 이스라엘의 위기를 구하였다(판관 6:11 8:32). 기드온은 '베어 쓰러뜨리다'라는 뜻의 말로, 용감한 장군을 상징하는 듯하다. 세계적 성서 기증 보급기관인 '기드온협회'도 이 이름에서 연유하였다. (《두산백과사전》에서 인용)

요한

그는 다음에 올 예수 그리스도의 길을 준비하기 위하여 유대 요르단 계곡에 나타나 예언활동을 하였다. 그는 광야에 살며 낙타 가죽 옷차림에 가죽 허리띠를 띠고 메뚜기와 석청(石淸, 꿀)을 먹고 살았다.

"죄를 회개하라."고 외치며 유대인들을 일깨우고 많은 사람들에게 요르단 강물에서 침례를 주는 침례운동을 펼쳤는데, 이때 예수도 그에게 침례를 받았다. 뒤에 헤로데왕이 형 필립보의 아내 헤로디아와 결혼한 것을 비난하다가 체포, 투옥되었는데, 헤로디아의 꾐을 받은 살로메의 청으로 목이 잘려죽었다. (《두산백

과사전》에서 인용)

누가복음에는 침례 요한은 예수보다 여섯 달 먼저 태어난 예수의 친족으로, 예수의 어머니 마리아는 처녀의 몸으로, 요한의 어머니 엘리사벳은 아이 못 낳는 늙은 여자로, 모두 천사 가브리엘로부터 하나님이 사내아이를 낳게 해 주겠다는 소식을 듣고, 하나님은 그대로 이루어준다.

요단강

서아시아 요르단 서쪽을 흐르는 강. 안티레바논 산맥 남부의 헤르몬 산(Hermon山)에서 시작하여 사해(死海)로 흘러든다. 길이는 360km.
하늘나라로 들어가기 전에 건너야 할 관문의 상징으로 기독교 찬송가에 인용된다.

침례

기독교의 침례교에서 신도가 된 것을 증명하기 위하여 행하는 세례의 한 형식. 온몸을 물에 적시는데, 그 몸이 죄에 죽고 의(義)의 몸으로 다시 살아나는 것을 상징한다.
1983년 7월 27일에 강원도 횡성군 시냇물에서 나는 김학준 목사로부터 침례를 받았다.

의

믿음의 조상이라 일컬어지는 아브라함은 하나님을 믿음으로 의롭다 함을 받았으며, 하나님을 믿는 모든 사람들이 의롭다 여김을 받을 수 있도록 모든 믿는 사람의 조상이 되었다.

성령

바람 또는 호흡으로 성령은 하느님의 역사(役事)의 도구로서 자연계와 인간의 마음속에 커다란 활동을 하고 있다. 인간은 반드시 성령을 통해서만이 하느님과 교통하게 되고 심령이 새로워지며, 예언과 기사와 이적을 일으킨다. 예수 그리스도가 성령으로 잉태하여 탄생했고, 요르단 강에서 세례 요한으로부터 세례를 받을 때에는 하늘에서 "이는 내 사랑하는 아들이요, 내 기뻐하는 자라."고 했고, 그때 성령이 비둘기같이 임했다고 하였다. 또한 예수는 성령의 인도로 광야에 나가서 40일간 금식을 했다. 예수가 승천한 후에 제자들을 비롯한 120 사람이 마가의 다락방에 모여서 전심으로 기도했을 때 약속한 성령이 강림했다. 성령은 믿는 자에게, 간절히 사모하는 자에게 대가 없이 주는 은사이다. 그리스도인도 성령을 받아 새사람이 된다. *(《두산백과사전》에서 인용)*

비둘기

동물, 비둘기목의 새를 통틀어 이르는 말. 야생종과 집비둘기로 크게 나누는데 야생종은 대부분 텃새이다. 성질이 온순하여 길들이기 쉽고 귀소성을 이용하여 통신에 사용한다. 평화를 상징하는 새이다. *(《두산백과사전》에서 인용)*

목수

나무를 다루어 가구를 만들거나 집짓는 일을 하는 사람.
황동규 시인의 시집 《나는 바퀴를 보면 굴리고 싶어진다》의 '지붕에 오르기' 속에는

…… 목수들이 파업만 했더라도
예수를 십자가에 달지 못했을 텐데 ……
라는 부분이 있었던 것으로 기억된다.

불꽃

어렸을 때 모든 마을 사람들이 초가집에 살 때, 비 오는 날 남
의 집 처마 아래서 연탄재 한 개 위에 나뭇가지 주워 불 놓고
손을 쬐다가 이웃집 어른들에게 걸려 야단맞고 껐다. 그런데 그
일로 나는 며칠 동안 부모님께 혼났다.
어느 날 방 안에 있는 구식 발재봉틀 위에 덮인 보자기의 늘어
진 수술에 라이터를 켰다. 그때 방문이 열리며, 어머니께서 들
어오셔서 황급히 젖은 손으로 쥐어 끄고 놀란 가슴을 쓸어 내
렸다.
나는 타오르는 따뜻한 불꽃이 위험하기보다는 황홀하고, 신기
하고, 아름다웠을 뿐이다.

사탄(Satan)

유대교(敎)·그리스도교에서 악마를 가리키는 말.
'대적하는 자' 라는 뜻이 변하여 신 같은 능력의 초자연적 대적
자를 일컫는 말이 되었다.
사람을 하나님에게서 멀어지게 하고 불행하게 하여 멸망으로
인도하며, 하나님의 일을 훼방하는 악마 마귀이다. 《두산백과사
전》에서 인용)

시험

내가 본 시험 중에서 기억이 나는 시험은 그 시험을 출제한 선생님의 의도를 알 수 없었기 때문이다.

중학교 1학년 때 한문 시험이었다. 객관식과 주관식이 섞여있었다.

나는 쓸 수 없는 문제는 문제지 여기저기를 뒤적이며 찾았다. 문제의 답이 모두 그 문제지 안 여기저기에 흩어져 숨겨 있었다. 모두 읽고 그 뜻을 알았던 나는 그 답을 한문 시험문제지에서 찾아서 적었다.

한문 과목은 그래서 채점해 보니 100점이었다. 그래서 나는 웃음을 참느라 힘들었다.

기적

자연스러운 질서에 일반적인 상식을 뛰어넘는 신적인 활동이 들어와 어떤 상황을 만들어놓는 것이다. 구약성서와 신약성서 여러 곳에 나타나고, 그 외 믿는 이들 사이에 여러 가지 기적이 나타나기도 한다.

바라바

《신약성서》에 등장하는 죄수.

로마 총독 빌라도가 예수 그리스도를 심문할 때, 축제일에는 죄수 한 사람을 특사한 당시의 관습에 따라, 모인 사람들에게 예수와 바라바 중에서 어느 쪽을 용서할 것인가를 물었다. 군중의 요구에 따라 강도 살인죄로 붙잡힌 바라바가 석방되고, 예수는 십자가에 못 박히게 되었다. 바라바는 '민란을 꾸미고, 이 민란

에서 살인하고, 포박된 자', '성중에서 일어난 민란과 살인으로
인하여 옥에 갇힌 자', '강도' 등으로 기록되었는데, 아마도 반
항운동 단체인 열심당(熱心黨)의 수령이었던 듯하다. 스웨덴
작가 P. F. 라게르크비스트는 소설 《바라바》로 1951년 노벨상
을 수상하였다. *(《두산백과사전》에서 인용)*
지구촌에 사는 사람들은 어쩌면 그 마지막 선택의 형장에서 모
두 예수 대신 석방된 바라바이리라.

골고다

갈바리아 언덕 Calvaria(라틴어 : 해골).
예루살렘 북쪽 교외에 있는 예수 그리스도가 십자가형을 당한
언덕. *(《두산백과사전》에서 인용)*
죽어야 할 자리를 상징할 때 골고다를 쓰기도 한다.

부활

부활(復活, Resurrection).
그리스도교(敎)에서 예수 그리스도가 죽은 뒤 다시 살아난 것을
가리키는 말.
예수는 인류의 죄(罪)를 사(赦)하기 위하여 십자가에 못 박혀
죽었으나, 3일 후 그의 육체는 되살아나 무덤을 빠져 나왔으며,
그 후 40일 동안 때때로 영광스러운 모습을 나타내어 제자들의
신앙심을 깊게 하였다. 십자가에 못 박힌 예수 그리스도의 부활
은 죄와 죽음에 대한 승리를 뜻하며 그리스도가 보여준 구원(救
援)의 확실성을 증명한다. *(《두산백과사전》에서 인용)*

생활에서 인간성이 어떤 계기로 죽은 듯이 살다가 본디의 아름다운 모습으로 돌아왔을 때 부활이라는 말을 쓰고, 그 반대일 때도 쓰고, 유명인과 연예인들이 잊혔다가 다시 대중들 앞에 나타나 활동하며 인기를 되찾기 시작하면 아무개가 부활했다고 말하기도 한다.

증거(證據, evidence)

소송법상 법원에 사실의 존부(存否)에 관한 확신을 주기 위한 자료.

영화나 소설에서 증거가 없어서 여러 가지로 살펴볼 때 범인으로 의심할만한 사람을 잡았다가 풀어줄 수밖에 없는 경우를 많이 본다.

뉴스에서 또는 수사관들이 그렇게 말하기도 한다. 그러나 오랜 세월이 흐른 다음에는 지난날의 해결 안 되는 사건 같은 것은 있을 수 없는 일이 될 정도로 증거를 찾아내고 범인을 체포한다. 과학 기술의 차이가 증거를 놓치기도 하고 찾아내기도 한다.

죄

법률, 도덕, 종교 등에 있어 국가나 사회 교단(敎團)과 같은 집단이 규범(規範)으로서 인정하는 법칙에 어긋나고, 그것의 결과로서 규범을 위반한 사람에게 벌을 가하게 되는 행위나 태도의 일반적인 명칭.

그리스어 hamartia의 본래의 뜻은 '과녁에서 벗어나다', '규범에 위배된다' 는 것으로 단순한 법률 또는 도덕에 대한 위반행위와는 구별된다. *(《두산백과사전》에서 인용)*

사사로운 잘못으로 다른 사람에게 미안함을 느끼다가 그 잘못을 용서받을 때 벗어나는 기쁨이 있다.

복잡한 버스나 열차 안에서 모르고 남의 발을 밟으면 잘못이지만 법으로 따지면 죄이다. 그리고 밟는 순간 느끼는 미안한 마음이 죄의식이다. 그때 재빠르게 "죄송합니다. 용서해 주세요. 죄송합니다. 구두가 더럽혀지고 발이 아플 텐데, 죄송합니다."라고 할 때, "괜찮습니다. 복잡하지 않았으면 안 밟았을 텐데, 다음부터는 조심하세요."라고 하는 것은 용서받는 것이고 해방의 홀가분함을 느끼게 되리라.

깨달음

세로로
찢어지는
휘장 저 멀리
자유의 십자가

열 나눔 이야기

X는 거리를 걸어가다가 지쳐서 잠깐 동안 쉬려고 가까이 보이
는 차와 빵을 파는 휴게실로 들어갔다.
유리창 저쪽 화분에 심긴 푸른 대와 소철, 고무나무, 벤자민을
바라보았다.

쟁반과 집게를 들고 진열장 속의 빵을 세 개 고르고 계산대에서
홍차를 달라고 했다.
그는 카드로 계산하며 그 옆에서 다른 종업원이 '바게트 빵을
썰어 접시 세 개에 나누어 담는 것'을 바라보았다.
언젠가 꿈에 본 그 모습처럼 낯익었다.

X는 빈 탁자로 가서 쟁반을 내려놓고 앉아 홍차를 마시고 빵에
서 씹히는 땅콩을 혀로 맛보았다.

그는 얼마 전 병원 영양사를 그만둔 그녀에게 전화했다.

X : 나는 앞으로 사랑과 기쁨으로 사람들을 섬기겠어요.

그녀 : 저도 옆에서 X를 돕겠어요.

X의 소식에 그녀와 X를 후원하는 섬기려는 사람들이 모였다.

모임 이름은 '섬기는 손길들.'

섬김의 뜻은 '도움의 손길을 나눠야 할 곳에서 섬긴다.'

회장, 사무국장, 아래 여섯 사람의 팀장이 이끈다.

1. 섬기는 목욕 : 손수 씻지 못하는 사람들을 찾아가 씻어드리기

2. 사랑 밥 나눔 : 한뎃잠 자는 사람들에게 따뜻한 밥 드리기

3. 섬기는 빨래 : 어려운 사람들 찾아가 깨끗한 빨래로 섬기기

4. 따뜻한 집 : 집안 청소와 수리해 드리기

5. 잘 낫는 약손 : 가난하고 아픈 사람들 찾아가 무료 진료 투
　　　　　　　약하기

6. 마음의 소리 : 상처받은 마음들과 이야기 나누는 대화로 섬
기기

후원금을 넣어주는 사람들,
몸으로 섬기는 사람들,
이 사람들은 모두 값없이 섬기는 사람들이다.

이들은 본부 사무실과 인터넷, 이메일, 전화, 팩스로 연락하면
서 여러 곳에 그 취지서를 돌리고, 도움 받을 분들의 신청을 받
아 월요일에서 금요일까지, 섬기려는 손길들은 하루씩 찾아가
받들어 섬겼다.
그들은 성금이 들어오고 나오는 명세표와 영수증을 결재와 동
시에 인터넷 홈페이지에 공개했다.

이러한 값없이 섬기는 모습은 각 지역으로 퍼져나가 지부에서

도 그 지역마다 함께 움직이게 되었고, 다른 나라로 퍼져나가면서 참사랑으로 섬기는, 이 '섬기는 손길들'은 십년 뒤 노벨평화상을 수상한다.

그때 X는 '섬기는 손길들' 대표로 수상식에서 너무나 짧은 연설을 한다.
"여러분이 살고 있는 마을과 거리를 잘 살피면, 사랑으로 섬겨야 할 이웃이 보일 것입니다. 값없이 사랑으로 섬기는 손길에게 놀라운 기쁨이 다가올 것입니다. 이제 말없이 값없이 몸소 사랑하세요. 그곳이 하늘나라가 되게 하세요."
수상하고 돌아온 X는 상금을 '섬기는 손길들' 계좌에 입금하고, 회장 자리를 떠나서 사람들 앞에 다시는 나타나지 않았다.

나눔

홀로 아쉽지 않게 넉넉히 산다면 평화로울까? 아닐 것이다. 그래서 나라는 세금을 걷고 그 돈을 나라가 돌아가도록 여러 곳에 나누어 기름칠하듯 쓰기 때문에 그런대로 덜 삐걱거리며 굴러가는 것이리라.

사람들이 이웃을 사랑하는 마음으로 가난한 사람들과 나누려고 선뜻 먼저 나라나 복지기관에 기부금을 내놓는다. 그러면 나라에서 어느 정도 감세하고, 세상은 그에게 잘했다고 칭찬과 박수를 보낸다. 그런데 그렇게 알려지기 앞서 남 모르게 내놓는 순간 기쁨과 만족이 찾아온다.

나눔은 그래서 좋다. 그에게 어려움이 닥치면 이웃이 그를 돕고 그는 어려움에서 벗어나기도 한다.

거리

사람이 사는 도시에는 거리를 오가는 사람들로 시끌벅적하다. 밖으로 나가 돌아다니면 즐겁지만 그렇지 못해도 오가는 사람들을 바라보는 것도 심심하지 않다. 어린이들 같으면 쌍안경으로 지나가는 사람들과 차량을 살펴보리라. 스스로 영화 속 수사관이나 탐정이라도 된 듯한 착각 속에서.

사람들이 오가는 거리도 넓고 차량이 오가는 도로도 곧게 쭉 뻗어서 상하행선 20차선 정도라면 얼마나 좋겠는가? 가장 좁은 골목길이 6차선 정도, 골목마다 녹지공간이 그 옆의 가로공원과

더불어 편안함을 안겨주는 거리였으면 좋겠다.

거리를 오가는 차량들은 전기와 태양전지로 배기가스를 내뿜지 않았으면 좋겠다.

휴게실

부드러운 불빛이 넘치고, 은은한 음악이 흐르고, 향기로운 냄새가 머리를 맑게 하고, 마시는 차 맛도 고급스러우며, 곳곳에 인터넷이 연결된 PC가 있고, 맑은 공기가 느껴지고, 신문과 주간지가 있고, 사람들 대화도 소리 낮춰, 그곳에서 잠깐 쉬면서 차를 마시면 새롭게 살맛나는, 널찍한 휴게실이 여러 곳에 있으면 좋겠다. 그런데 찻값이 너무 비싼 것 아닐까?

유리창

단순하고 소박한 것들만 봐온 터에, 유리창도 밖을 훤히 볼 수 있는 판유리만 봐왔다. 그러다가 천주교 성당 유리창의 갖가지 색유리 조각으로 그림이 그려진 스테인드글라스를 보고는 눈이 휘둥그레 뒤집혔다.

큰 건물의 현관문은 두꺼운 강화유리로 만들어져 어느 정도 충격으로는 꿈쩍도 하지 않는다.

안쪽에서만 밖이 보이게 되는 유리벽과 단순 유리창에 칼타비닐시트를 붙여 사생활을 보호한다. 그리고 같은 유리라도 주름유리로 같은 밝기를 유지하지만, 내부는 들여다볼 수 없는 유리도 있다. 유리블록은 유리창은 아니지만, 한쪽 벽면을 장식하면 깨끗하고 우아하며, 밖의 자연 빛을 받아들여 한낮의 밝음을 느끼게 한다.

화분

실내 또는 건물 밖을 예쁘고 멋있게 하려고 꽃나무 화분이나 작은 식물 화분을 들여놓거나 내놓는다. 작은 식물이 심겨진 작은 화분만 보던 사람들은 어마어마한 크기의 나무를 심은 커다란 화분을 보면, 입이 벌어지고 한동안 벌린 입을 다물지 못한다.

가볍게 혼자 들어 옮길 수 있는 화분만 보다가 장정 두 사람이 겨우 들어 옮기거나 특별히 만든 리프트로 옮기는 것을 보면, '굳이 화분에 심을 필요가 없을 텐데.' 하는 생각이 든다. 작은 화분은 아이들 손바닥에 얹을 수 있는 허브도 있다. 그 화분을 모양 좋게 색깔에 따라서 다르게 배열하면 그것 자체가 예술품이 될 수 있다.

쟁반

여인의 예쁜 목소리, 황홀한 목소리를 말할 때 '은쟁반에 옥구슬 구르는 소리'라고 한다. 한번 실제로 은쟁반에 옥구슬을 굴리며 그 소리를 들어보고 싶다. 그러나 상상하는 것만큼 아름다운 소리는 아닐 것이다. 은쟁반의 아름다움과 옥구슬의 아름다운 모습이 더해지면, 말할 수 없이 아름다울 거라 꿈꾸는 것이리라. 그럴 정도로 예쁜 목소리라고 말하는 것이리라 짐작된다.

집게

길에 가끔씩 보면 집게와 봉지를 들고 쓰레기를 줍는 사람들이 있다. 공공 근로하는 사람들, 유흥업소 이름이 새겨진 점퍼 차림으로 비닐봉지와 집게를 들고 거리를 청소하는 사람들, 여러 동호인 모임에서 봉사하는 뜻으로 거리에 버려진 꽁초와 종이,

과자봉지를 줍는 사람들.

내가 초등학교 다닐 때, 거리에서 학교로 접어드는 골목길에서 가끔씩 학교 어린이들이 버려진 과자봉지, 색종이 등 길에 버려진 것들을 주워 모았다.

진열장

투명한 유리 진열장 하면 떠오르는 패티 페이지([Patti Page, 1927~]. 미국의 포퓰러가수. 《테네시 왈츠》, 《체인징 파트너》 등으로 유명해졌으며, 그의 미성과 풍부한 표현력으로 소화된 노래는 많은 팬들로부터 오래도록 사랑을 받았다)가 부른 노래 '진열장 속의 강아지(Doggie In The Window)'가 있다.

진열장에 얽힌 우울한 이야기도 떠오른다.

예쁜 화초 같은 여인들. 손 하나 움직이지 않아도 모든 일이 다 해결되니, 진열장 속의 마네킹처럼 행복하게 미소만 짓고 있으라는 여인들. 어디서든지 그러면, 모든 걱정 근심이 해결된다는 너무나 심심한 여인들. 죽으면 썩을 몸이거늘 무엇 때문에 그렇게 아끼는가?

화초 같은 TV에 나오는 여인들을 보고 경로당 할머니들이 한숨 쉬며 하는 말이다.

계산대

웨인 왕 감독의 '스모크'에 보면, 담배 가게 주인이 종업원에게 계산대를 잘 지키라 말하고는 밖으로 누군가를 만나러 나갔다. 강도가 들어오면 권총을 겨누면서 계산대를 털어가는 게 일반적이다. 그래서 계산대를 잘 지키라는 것이다.

식당에서 함께 음식을 먹고 계산대 앞에 와서는 지나치게 주머니를 뒤적이며 오랫동안 돈을 찾는 사람의 속셈은 뻔하다. 누군가 돈을 내기를 기다리는 수작이다. 또는 화장실에 간다며 먼저 나가고, 멀쩡한 구두끈을 다시 묶느라 시간을 보낸다.

차라리 '오늘은 자네가 내시게.' 라고 말하는 게 낫겠다.

홍차(紅茶, black tea)

발효차(醱酵茶)의 대표적 종류.

홍차 어원은 19세기 중엽부터 홍차를 생산해 수출하려했던 일본인이 일본의 녹차를 '일본차' 로 부르고 유럽인이 마시는 차를 차의 빛깔이 붉어서 홍차라고 불렀다. *(《두산백과사전》에서 인용)*

나는 캔 음료 중에서 홍차 비슷한 실론티를 자주 마신다.

오래 전 들었던 우스갯소리가 떠오른다.

어떤 남녀가 찻집에서 만났다.

그 남자는 그녀가 마음에 들었다.

빈 찻잔에 그녀가 차 봉지를 찢어 털어 넣었다.

그도 그녀처럼 차 봉지를 찢어 찻잔에 털어 넣었다.

카드

환란 위기 때 길거리에서 신용카드를 아무에게나 발급하던 그 시절, 나도 두 장의 카드를 두 해 동안 갖고 있었으나, 실제 사용은 세 번 정도 15만 원이 전부였다. 엄청난 이자가 두려웠고, 카드를 쓸 만큼 여유가 없었다. 그래서 카드를 취소했다.

그런데 외상이면 소도 잡는다더니, 늙은 동료가 죽을 듯한 얼굴로 말했다. 아들이 카드로 삼천만 원을 사채로 빌렸고, 이자율은 20%란다. 어떻게 갚을지 걱정이란다.

속으로는 그러고 싶었다.

'집문서를 저당 잡히던가. 장기를 팔아야 하리라.' 그러나 꾹 참고,

"글쎄, 빨리 갚도록 여건이 좋아져야 할 텐데."라고 말했다.

땅콩

시장 골목에서 볶은 땅콩이나 날 땅콩을 파는 사람을 보면 땅콩 농장 주인이라는 미국 대통령을 지낸 지미 카터가 생각난다. 해비타트(habitat, 사랑의 집짓기운동)에 노구를 이끌고 어디라도 가서 참여하고, 몇 십 년째 침례교 집사로 주일학교 아이들에게 성경말씀을 가르친단다.

혀

911 구조대에 전화가 걸려왔다.

혀가 냉장고 바닥에 붙었으니 어떻게 하면 좋은가요?

이 아이가 장난하나?

옆에 다른 사람이 있으면, 나 같으면 냉장고 전원 코드를 빼놓고, 젖은 머리카락 말릴 때 쓰는 모발건조기를 고온으로 켜서 혀가 붙은 냉장고 바닥을 덥히리라.

혀가 떨어질 때까지.

사랑

"선생님, 사랑이 뭐예요?"

중학교 1학년 때에 까불기 잘하는 녀석이 후덕해 보이는 뚱뚱한

어떤 선생님께 질문했다.

어려운 물음에 황당했던 선생님은 그 녀석이 수업하기 싫으니까 장난한다고 느꼈다.

그래서 눈을 부릅뜨며 험악한 표정으로 바뀐다.

그때 다른 녀석이 씩 웃으며 중얼거렸다.

"나는 알지."

선생님은 표정을 부드럽게 바꾸며 가소롭다는 듯 말했다.

"나는 알지? 누구냐? 일어나 말해 봐라."

한 녀석이 일어나 노래를 부른다.

- 사랑이 무어냐고 물으신다면 눈물의 씨앗이라고 말하겠어요.

- *

기가 막힌 듯 선생은 허허 아이들과 함께 웃더니,

"아직은 몰라도 된다. 조용하고 앉아라."

기쁨

서른 살 어느 날 오랫동안 나를 얽어맸던 주술이 풀렸다.

어떤 안과의사에 의해서 그때 기쁨으로 웃음이 터지는데, 그 웃음을 참느라고 한 달 동안 너무 힘들었다.

섬김

정치인들 중에는 선거 운동할 때는 '국민을 주인으로 받들어 모시겠다' 말하고는 당선되어 그 자리에서는 국민들에게 '나를 섬겨 주세요'라며, 얼굴 싹 바꾸는 사람도 있다. 겉으로는 그렇

---

*손석 작사, 유현석 작곡, 나훈아 노래 '사랑은 눈물의 씨앗' 에 나오는 노랫말

게 말하지 않았더라도 나중에 어느 날 검찰에 불려가 조사하는 도중에 그동안 가면 쓰고 살았던 것이 드러난다. 그래서 그 사회에서 매장된다. 자기 무덤을 자기가 판 꼴이다.

그런데 이 나라가 어디서부터 잘못 되었는지? 이런 인간들이 어느 날 다시 정계에 복귀하여 부활의 영광을 누린다. 지난날의 온갖 구린내를 향수라도 되는 듯 미화하여 자랑한다. 이럴 때 속으면 정말로 바보 유권자가 된다. 정신 차리자. 그래서 이번 선거에서는 저런 녀석은 떨어뜨려야 한다. 그래야 살맛나는 세상이 되는 거다.

후원

후원에 얽힌 이야기를 하려니까 어느 초선 국회의원이 떠오른다. 달마다 받는 세비로 의원 사무실을 운영하고, 그 사용내역을 영수증까지 곁들여 홈페이지에 공개한다. 후원금은 받지 않는다. 후원금 받는 게 불법은 아니지만 세비를 아껴서 살 수 있으며, 그런 모습을 사무실의 보좌진들이 보고 배워 나중에 정치인이 되었을 때 좋은 정치인으로 맡은 일을 잘 해주기를 바라는 것이다.

모임

어느 모임이든지 저 잘난 맛에 사는 사람이 있다. 잘 따져보면 잘난 것도 별로 없으면서 잘났다고 착각한다. 그러나 그 자신은 착각이 아니라 여긴다. 회비를 내고 모이는 때마다 빠지지 않고 함께 움직여야 한다. 그리고 여럿이 모이는 자리니까 내 생각과는 다른 생각이 늘 있다는 것을 받아들여야 하고, 내 뜻이 아니라도 그 모임은 잘 굴러갈 수 있음을 잊지 않아야 한다. 늘 여러 가지 의견 가운데 가장 좋게 여겨지는 것이 받아들여지도록 해야 한다. 그러나 가끔은 양념의 자극이 강한 맛처럼 튀는 사람들은 '뽕망치' 놀이기구의 튀어나오는 두더지처럼 두들겨 맞게 된다. 그래도 섭섭하게 생각하지 말아야 한다. 그래야 모임이 그 취지에 맞게 잘 굴러간다.

도움

누군가를 돕는다는 것은 사랑의 마음이라고 할 수 있다.
〈리더스 다이제스트〉에 실린 오래된 이야기이다.
911로 급하게 병원으로 이송해야 할 어린이 환자가 있다는 연락을 받고 구급차가 달려가는 중이다. 지름길로 가는데 갑자기 길바닥을 파고 공사 중이었다. 돌아가면 그 환자가 목숨이 위태롭다. 공사 현장 감독은 임시로 널판을 깔아 구급차가 지나가게 해줬다. 그래서 그 어린이는 무사히 병원으로 옮겨졌고 목숨을 구했다. 그런데 그 아이의 아버지는 바로 그 길을 파헤치고 공사하는 현장의 감독이었다.

목욕

소설가 이외수는 목욕을 싫어했다.
로마 사람들은 목욕을 좋아했다.
이 모두가 버릇이다.
둘 다 얼마나 자주하느냐, 아니면 얼마나 드물게 하느냐의 차이다.
그렇다고 나라가 흔들려서야 되겠는가?

사람이 가까이 다가갔을 때 안 좋은 냄새가 없으면 될 것이다.
이것은 어느 쪽을 좋아하느냐의 차이다.
그런데 목욕탕이 호화스러워지는 것을 보면, 우리도 잘 살게 되었는가?
*중국의 탕왕이 목욕통에 새겼다는 글씨가 떠오른다.
그 뜻은 날마다 새롭게 하고 또 새롭게 한다는 것이다.
목욕할 때마다 마음이 깨끗하기를 비는 마음이었다.

한뎃잠

집밖 길에서 자는 잠.
누구는 따뜻한 잠자리에서 편히 깊이 잠들고, 누구는 집밖 차디찬 잠자리에서 선잠 자는가?
어떤 맹인이 거지가 되어 한뎃잠 자는 어느 날 비가 내렸다.
그 맹인은 기가 막혀 중얼거렸다.
"내 집이 전부 비가 새는구나."

빨래

더러워진 것들을 물과 비누로 씻어내는 일.
손빨래 또는 세탁기를 쓰는 기계 빨래가 있다.
몇 해 앞서 텔레비전 드라마에서 한 도둑은 '돈 세탁'을 빨래한다고 말했다.

---

*옛 중국 은(殷)나라 탕(湯) 임금의 세숫대야에는, "진실로 하루를 새롭게 하고, 날마다 새롭게 하며, 또 날로 새롭게 하라(苟日新 日日新 又日新)"는 명문(銘文)이 새겨져 있다. 이것은 유가경전(儒家經典) 중의 하나인 『大學』에 나온 말인데, 탕 임금은 그 글귀를 새겨 넣고 몸소 실천에 힘썼다고 한다.

곱고 예쁘지 않게 지저분한 삶을 살았던 사람들, 또는 부끄러운 지난날의 자취를 돌아보는 사람들 가운데는 마당 한쪽을 가로지른 빨랫줄에 널린 후줄근한 빨래처럼 그의 부끄러움도 깨끗이 빨아 햇볕 아래서 뽀송뽀송 말렸으면 하는 사람도 있으리라.

청소

집안이나 거리, 골목을 쓸고 닦아 깨끗하면 즐겁다. 보이는 환경이 사람의 마음을 새롭게 한다. 그런데 어떤 나라는 군사력으로 이웃 나라에 쳐들어가 죽이고, 강간하고, 모든 자취를 부숴버렸다. 하늘아래 이런 죄악을 '인종청소'라고 일컫는다. 더러움을 덧입히는 죄악을 청소라고 부른다는 것은 말이 아니다.

집

내가 살고 싶은 집 가운데 흙집이 있다. 진흙과 짚과 나무로 지은 집. 바닥, 벽, 지붕이 모두 흙벽돌과 나무로 잘 만든 집. 늘 같은 따뜻함으로 나를 감싸고, 나를 아프지 않게 할 것 같은 흙집에서 글 읽고 숲길을 거닐며, 떠오르는 것들을 글로 쓰면서 이 목숨 다할 때까지 살고 싶다.

투약

예전에 처방을 의사가 하고, 그 병원에서 약을 주고, 환자가 약국에서 사고 싶은 대로 살 때 환자들은 병원에 가서도 의사와 환자가 뒤바뀌고, 약국에서도 약사에게 상담하지 않고 어디서 귀동냥했는지 자기가 처방해서 그 약을 달라고 했다.

그런데 어느 날부터 처방은 의사만 하고, 처방의약품은 처방이 없으면 약국에서 구입이 불가능하게 법을 만들었다. 왜 그랬는 가?

어느 종합 병원에서 황색포도상구균에 감염된 환자에게 최고로 강력한 반코마이신을 투여했는데, 약효가 없었다. 그 원인은 약물 오남용으로 병균이 내성이 강해졌기 때문이다.

약사와 의사의 밥그릇 싸움으로 의사들이 진료를 거부하고 옥신각신하다가 의약분업이 이루어졌는데, 환자들은 부담이 커지고 의사와 약사들만 수입이 늘어났다.

병원에서 처방전 비용을 내고, 약국에서는 약값을 내고, 의약분업 이전에는 분업하는 지금보다 훨씬 적은 값을 치렀다.

마음의 소리

어디서 무엇이 잘못되었는지 알 수 없는 사람들이 가끔은 왜 그랬느냐 물으면, 누군가 내 마음속에 들어와서 그렇게 하라고 속삭였고, 그 소리대로 했단다. 이런 사람들 가운데 마약이나 다른 약물에 중독된 사람들이 아닌 사람들이 있다. 정신과 의사들에 의하여 치료되기도 하지만, 안 그런 경우도 많다.

어떤 범인이 체포되었다. 그는 자기는 범인이 아니고 목격자라고 말했다. 자기는 그 모든 범죄 현장 근처에서 우연히 본 독격자라고 말했다. 그러나 자세히 조사한 결과 곳곳의 감시카메라에 그가 범죄를 저지르는 모습이 찍혔다.

그 모두를 본 그는 저 필름 속의 사람은 자기와 같은 모습이라도 자기는 아니라고 말했다. 그러나 그는 구속 수감되었다. 교도소가 아닌 정신병동 개인병실에.

어떤 책자에서 이런 것을 다중인격이라 적고 있다.

상처

초등학교 다닐 때 여름이었다. 한 동네에 살았던, 머리카락에 노인들처럼 하얀 새치가 많아 별명이 '할배(할아버지)'인 나보다 두 학년 더 위인 아이가 무더위를 씻으러 봉천내 개울로 갔다.

며칠 전 비가 많이 내려서 물은 개울에 가득 흐르고 있었다.

옷을 벗고 맨손 체조하고 물에 들어가 헤엄치고 놀던 할배는 밖에서 깊은 곳으로 거꾸로 뛰어들었다. 그리고 주위 사람들은 깜짝 놀랐다.

아프다고 소리치며 그 아이가 울었고, 아이가 감싸 쥔 머리에서는 피가 흘렀다.

가까이 있던 남자 어른이 그 아이를 밖으로 데리고 나와서 그 아이의 윗도리 셔츠로 머리를 꼭 묶어 주면서 빨리 집으로 가서 어른들과 병원으로 가라고 말하며, "묶은 머리를 두 손으로 꼭 쥐고 가라." 그랬다. 같이 물놀이 갔던 아이들이 그 아이의 옷을 입히고 집으로 데려왔단다.

동네 골목길에서 놀던 나는 그 아이의 머리를 보고는 깜짝 놀랐다. 셔츠는 흐르는 피에 젖어 있었고 머리는 갈라져 쩍 벌어져 손으로 붙들지 않으면, 앞으로 떨어질 것처럼 깊이 갈라졌다.

골목에 나타난 그 아이 어머니는 겁먹은 눈빛이다. 이웃집 아주머니에게 "병원으로 데리고 가라." 말하고 아이 아빠에게 가서 함께 뒤따라간단다. 그 할배는 계속 엉엉 울고 있었다.

며칠 후 그 아이는 병원에서 깨어진 머리를 꿰매고 치료받다가 집으로 돌아왔다.

병원에서는 가난한 살림살이를 듣고 무료로 치료해 주었단다. 고마운 사람들이다.

이웃

좋은 이웃을 만나 아름답게 살고 싶으면 먼저 좋은 이웃이 되는
게 좋겠다.

그런데 저쪽이 나쁜 이웃 같은 반응을 보이면 나쁜 이웃이리라.
아니면 지나치게 탐욕적 인간이라서 만족하고 나서야 좋은 이
웃이 되겠다는 결심인지도 모른다.

사람마다 형편이 다르니까 뭐라 그럴 수 없지만, 할 수 있으면
좋은 이웃이 되라. 나중에 어떤 자리에서 그 사람이 그대에게
좋은 이웃으로 다가온 사람이 될지도 모르기 때문이다.

공개

여름이면 속이 훤히 들여다보이는 옷차림으로 돌아다니는 젊은
여자들이 있어서 엿보는 취미가 있는 사람은 심심하지 않다.

한 나라의 돌아가는 모습이 그렇게 잘 보이면, 그래서 모든 사
람들을 편하게 할 수 있다면, 공개되는 게 나쁘다고 말할 수 없
다. 그렇다고 나라에서 숨겨야 할 급소까지 드러내라는 것은 아
니다.

그 대표적인 나라가 북한이다.

북한은 다른 나라가 가는 길로 가지 않기 때문에 가난한 나라로
살고, 많은 사람들이 아픔을 겪는다. 드러내면, 아름답게 잘 살
수 있다. 드러내야 사람들이 그 나라와 사람을 알고 쓸 수 있다.
공짜란 없다. 어떤 대가를 치러야 하리라. 그것이 축복으로 다
가가기를 바란다. 모든 사람에게.

참사랑

아버지 어머니가 아들과 딸을 사랑하는 것은 참사랑이리라.

어떤 사람이 사는 게 지긋지긋해 아들을 데리고 바닷가에 가서 뛰어들었다.

물이 몸에 닿는 그때, 그녀는 정신이 번쩍 들어 아이는 물 바깥쪽으로 밀어내면서 나가라고 소리쳤다.

자기는 죽음을 택하지만, 정신이 들면 살리려하는 게 참사랑이다. 그래서 어떻게 되었느냐고? 그녀는 허우적거리다가 어찌하여 물 밖으로 나오게 되었고, 지금은 어렵지만 살아있다.

누군가 그녀를 참사랑으로 사랑하고 있음을 아는 날이 오기를 기다리고 있으리라.

노벨평화상

김대중 대통령이 김정일 위원장과 대화를 하더니 노벨평화상을 받았다.

일생 인권과 국제 평화를 위해 노력한 것이 수상 이유이다. 그런데 삐딱하게 보는 사람들이 북쪽에 뒷돈을 대주고 노벨상을 받았단다. 그러니까 어떤 풍자 만화가는 '김정일과 공동수상으로 반씩 나눠줄까?' 라는 그림을 그렸다.

어떤 이유이든 노벨평화상을 받을만한 사람이니까 노벨상 위원회에서 수상자로 선정한 것이다. 우리나라 역사 이래로 최고 국제적인 권위의 노벨상을 받은 사람이 누가 있는가?

짧은 연설

명성이 있어서 여러 사람 앞에서 한마디 할 일이 있는 사람들에게 부탁한다.

살기에도 피곤한 사람들 괴롭지 않게 짧고 간단히 필요한 핵심만 품위 있고 분명하게 말하여, 듣는 사람에게 기쁨을 안겨주시라. 그대의 연설을 모두 듣고 기억하는 연설이 되기를 빈다.

하늘나라

눈앞에 좋게 보이는 것만 바라보지 않아야 지치지 않고 마지막까지 힘차게 달려갈 수 있다. 앞날이 어둡게 느껴져도 죽음을 이기고 사흘 지나 되살아나는 목숨의 힘으로 저 높은 하늘 위의 하늘, 그보다 더 높은 하늘을 꿈꾸는 믿음으로 바라보라. 마지막 남아 있는 희망을 모아 외쳐 부르라. 나 이제 돌아가리. 그분이 기다렸다 맞이하는 하늘나라.

수상

타고난 예술 재주를
오랫동안 갈고 닦아
빛나는 그 광채
사람에게 알려지는 어느 날에는
상 받으리라 꿈도 꾸지 못했는데
황혼 무렵 뜻하지 않게 찾아온 영광
찬란하고 눈부신 그대의 눈동자 속
영롱한 촛불이여.

상금

새로운 꽃 위하여 값지게 쓰라
상금이 씨앗 되어 나무를 세우고
많은 열매가 쉼 없이 맺히리라.

나눔

배고픈
사람에게
떡국 한 그릇
베푸는 사람들

마침 이야기

X는 지난날을 돌이켜보면서 스스로 어디론가 떠나야 할 날이 가까움을 어렴풋이 깨달았다.

X는 그녀와 차를 마시면서 말했다.
"언제 떠날지 알 수 없으니 내가 무엇을 해주리까?"
"X의 옆에서 즐거움과 기쁨을 누렸어요. 더 이상 무엇을 바랄까요. 경치 좋은 따뜻한 온천에서 늙은 몸을 쉬면서 마지막까지 살고 싶어요."
"오늘 비서가 빠르게 마련하리다."

그날 밤 X는 텔레비전에서 '날아가는 독수리가 그려진 우주왕복선이 발사되는 모습'을 보았다.

며칠이 지났다.

X는 하얀 색 모자, 양복, 타이, 띠, 양말, 구두, 장갑으로 걸치고 흰 머리카락을 빛내며 비서에게 지시했다.
"마을을 벗어난 곳부터 따라오며 비디오카메라에 담도록 하게."

노을이 젖어드는 시냇가 모래밭에서 X의 어깨 뒤로 흰 날개가 돋고 날아가는 모습은 눈앞에서 가물거리더니 보이지 않았다.

X는 아무도 오르지 않는 산꼭대기 떨기나무의 타오르는 불꽃 가운데로 사라졌다.

지난날

철없는 불장난으로
두 달째 달거리 멈추고
괴롬이 깊어져 태어나지 못하고
숨진 채 밖으로 나온 핏덩이에게
남은 생애 동안 배부른 여인 보면
부끄러운 죄인이네.

떠나야 할 날
사노라면 다가온다.
다른 곳에서 이곳으로 어느 날 갑자기 떠밀리듯 들어왔겠지만,
바쁘게 쫓기는 나날 뜻하지 않은 손님으로 또 다른 곳을 향하여
끝나지 않는 여행을 떠나야 할 그날이 사노라면 다가온다.

가까움
예수께서 외친 "하나님 나라가 가까이 왔다."라고 했을 때, 그
가까이는 어떤 뜻인가?
아주 멀리 있다는 것도 아니고, 하루 이틀이면 이루어질 것처럼
아주 가까이 있는 것도 아닌, 하나님이 정한 그때를 향하여 이루
어지면서 가까이 다가가는 시간의 연속선에 있다는 것이다.

어렴풋이

무엇이 뚜렷하지 아니하고 흐릿하게.

창호지를 바른 미닫이문 밖 마루를 오가는 사람은 어렴풋이 그 녀인가.

주름무늬 유리문 저쪽에서 그녀가 옷을 벗는 듯 어렴풋하다.

깨달았다

子曰 朝聞道 夕死可矣

자왈 조문도 석사가의

공자 가라사대, 아침에 도를 들으면 저녁에 죽어도 좋다.

이 글을 나는 이렇게 풀어보았다.

공자께서 말씀하셨다.

아침에 올바른 진리의 말씀을 들으면 저녁에 죽어도 좋다.

또는 공자께서 말씀하셨다.

아침에 올바른 진리의 말씀을 듣고 깨달으면 저녁에 죽어도 좋다.

알 수 없다

한 세상 살면서 그동안 알고 있는 것보다 알 수 없는 게 더 많다.

그래서 사람은 겸손해진다. 스스로 모름을 깨닫는 때이다.

한용운 시인의 '알 수 없어요'의 일부를 떠올린다.

타고 남은 재가 다시 기름이 됩니다. 그칠 줄을 모르고 타는 나의 가슴은 누구의 밤을 지키는 약한 등불입니까.

옆에서
무엇의 옆에 있는가에 따라서 사람은 다르게 보인다.
좋게 또는 나쁘게
무
엇
의

옆
에

있
는
가
에

따
라
서

사
람
은

다
르

게

보
인
다.
나쁘게 또는 좋게.
무엇의 옆에 있는가에 따라서 사람은 다르게 보인다.

바라다
"무엇을 바라며 사는가?"에 따라서 그 사람의 속사람이 다르게
보인다.
땅에 있는 것을 바라며 사는가?
사람 마음의 아름다움을 바라며 사는가?
예술적인 아름다움을 바라며 사는가?
지어진 그대로 있는 자연을 바라는가?
그대가 지금 바라보고
앞으로 무엇이 어떻게 되기를 바라는가?
그 뜻에 따라서 그대가 다르게 보인다.

온천
따뜻한 물이 솟아나는 샘이다.
시간 간격을 두고 솟아나는 샘, 간헐온천도 있다.
여러 가지 약효가 있는 온천도 있다.
요한복음 5장에 베데스다 연못 이야기가 나온다.
예루살렘의 '양의 문' 근처에는 히브리말로 '베데스다' 라고 하는

못이 있었는데, 그 못 주위는 다섯 개의 기둥이 있었습니다.

여기에는 눈먼 사람들, 다리 저는 사람들, 중풍 환자들 등 많은 장애인들이 누워 있곤 했습니다.

*그들은 물이 움직이기를 기다리고 있었습니다.

주의 천사가 가끔 내려와 물을 휘저어 놓았는데, 물이 움직일 때 맨 먼저 못에 들어가는 사람은 무슨 병에 걸렸든지 다 나았습니다.

거기에 38년 동안 병을 앓고 있는 사람이 있었습니다.

예수께서 그가 거기 누워 있는 것을 보시고 또 그가 이미 오랫동안 앓아온 것을 아시고 물으셨습니다.

"네 병이 낫기를 원하느냐?"

환자가 대답했습니다.

"선생님, 물이 움직일 때 못에 들어가도록 나를 도와주는 사람이 없습니다. 내가 가는 동안 다른 사람들이 나보다 먼저 물속에 들어갑니다."

그러자 예수께서 그에게 말씀하셨습니다.

"일어나 네 자리를 들고 걸어가거라."

그러자 그가 곧 나아서 자리를 들고 걸어갔습니다.

그날은 안식일이었습니다.

늙은 몸

사람은 태어나면서부터 몸이 자라다가 어느 때부터 점점 늙는다.

힘찬 젊은이들이 볼 때 늙은 몸으로 힘없이 움직이는 사람이 우

---

*위 이야기에 나오는 '베데스다' 라는 연못은 간헐온천이라고 미루어 짐작할 수 있다.

습게 보이겠으나, 그 험난한 젊은 날들의 여러 길을 걸어 살아남
아 이제 떠날 준비하고 욕심도, 불만도 없이 교훈을 보여주는 늙
은 몸에게 젊은이여, 옷깃 여미고 고맙게 고개 숙여라.
노인은 흐르는 물을 닮아 아름답다.
노인을 보고 배우지 못하면 젊음이 무슨 희망이 있으랴.

마련

넉넉히 마련되면 기쁘고 즐겁다
보험 들고 저축해 돈 가뭄 비껴간다
믿음과 철학 있어 영혼이 편안하다
깨끗이 몸 놀려 튼튼한 몸이 된다.

독수리

거센 눈보라 헤치고
비바람 거슬러
날아오르는 독수리
펄럭이는 날개
매서운 눈빛
날카로운 부리
억센 발가락
힘센 자랑하는
하늘 아래 누구도
두려워 떨게 하리.

우주왕복선

자동차로 서울에서 부산까지 달려 오가듯
비행기로 인천에서 뉴욕까지 날아 오가듯
우주선으로 지구에서 달까지 날아 오가듯
텔레파시로 이 나라에서 저 나라로 오가는
사람 사람들 하나님 닮게 만든 사람들이여.

발사

먹물 말로는 발사
배움 없으면 쏴라
그대 쏘는 화살 맞아
목숨이 태어나리라
사랑의 말 한마디에
사랑의 눈짓 한 번에
사랑의 몸짓 한 번에
맞서면 모두 쓰러져
꿈꾸던 그 나라 가리
황홀한 천국으로 가리.

흰색

싸움에서 지면 흰 깃발을 내 건다.
천사들은 흰색 날개로 거룩한 곳을 감싼다.

154

신부가 입는 예복은 흰 감으로 짓는다.
마음에 숨기지 않고 남김없이 말할 때 고백(告白)한다고 희다는
'白'을 쓴다.

비서

독재자가 하늘 무서운 줄 모르고 세상을 벌벌 떨게 할 때 더 기
막힌 일이 있었다.
그 비서들은 그들이 모시고 섬기는 주인보다 더 커 보이는 권력
의 칼을 휘둘러 많은 사람을 아프게 죽이고는 그 모든 허물을
주인에게 돌려 주인은 욕되다.
잘못된 정치 때문에 스스로 썩고, 아랫사람도 썩고, 나라도 모
두 망가뜨렸다.

지시

1. 가리켜 보임
2. 일러서 시킴

지시하는 사람이 슬기롭지 못하면 아랫사람이 힘들게 된다.
전쟁터에서 지시하고 지휘하는 장수의 잘못된 판단으로 전투에
서 패하고 병사들이 목숨을 잃게 된다.
회사의 사장이 슬기롭지 않으면 손해를 보고, 회사는 문을 닫게
된다.
남을 부리고 지시하는 사람들은 슬기로워야 한다.

노을

저녁 무렵 해질 때 햇빛이 붉게 하늘을 물들이는 모습.

시인이며 작사가인 박건호가 쓴 '인어 이야기' (노을빛이 물드
는 바닷가에서 금빛머리 쓰다듬던 어떤 소녀가~)와, 1984년 제
2회 MBC 창작동요제 때 발표한 이동진이 쓴 노랫말 '노을' (색
동옷 갈아입은 가을 언덕에 붉게 물들어 타는 저녁 놀~)은 노
을 지는 무렵의 모습을 아름답게 썼다.

사라지다

있다가 없어지다.

비 갠 하늘에 드리웠던 무지개가 사라졌다.

한국 전쟁하는 도중에 트루먼 대통령은 핵전쟁 위험과 전쟁의
장기화 때문에 맥아더를 사령관에서 해임한다.

맥아더는 미국으로 돌아가 의회에서 연설할 때 말했다.

노병은 죽지 않는다. 다만 사라질 뿐이다. *(노병은 죽지 않는다. 다
만 사라질 뿐이다. k88toughguy, 네이버 지식인에서 인용)*

마침

노을이
젖어드는
시냇가에서
뫼를 바라보는

그 사내
어깨 뒤로
흰 날개 돋고
날아가는 모습

어둠이
감싸오는
하늘 모서리
별이 반짝인다.

열둘 뒷말 이야기

모세가 시내산에서 하나님 만나는 이야기와 신화에서 *불사조 (피닉스 phoenix) 이야기, 그리고 엘리야가 병거타고 승천한 이야기, 예수의 승천 이야기 등에서 암시받고 그 이야기들을 비 빔밥으로 만들어 이야기《샘물 우주선 노래》를 썼다.

뜻풀이는 실제 그 뜻풀이가 아니라, 어떤 글을 읽을 때 또는 쓸 때 떠오르는 느낌 속 이야기이다. 다른 사람들은 모두 다른 것을 떠 올릴 수 있으니, 이런 얼굴의 글은 수없이 나올 수 있다.

다른 누군가 쓰지 않았다면 내가 처음이리라.

*피닉스(phoenix)

불사조(不死鳥). 태양을 상징하는 태양의 새로 불멸 또는 자생(再生)의 상징이다.

이집트에서 피닉스는 아라비아에 살며 500년마다 태양신의 도시인 헬리오폴리스에 나타난다고 전해지고 있다. 피닉스는 생명이 종말(終末)에 가까워지면 향기 나는 나뭇가지로 둥우리를 틀고 거기에 불을 붙여 몸을 태워죽는다. 그러면 거기서 새로운 피닉스가 탄생하고, 죽은 시해(屍骸)의 재를 몰약구(沒藥球)에 넣어 헬리오폴리스의 태양신의 신전(神殿)에 매장하였다고 전해진다. *(《두산백과사전》에서 인용)*